UM AMIGO NO ESCURO

Um amigo no escuro
© Marcia Kupstas, 2016

Diretoria editorial Lidiane Vivaldini Olo
Edição Camila Saraiva

Gerência de produção editorial Ricardo de Gan Braga

Arte
Soraia Pauli Scarpa (coord.)
Projeto gráfico Elisa von Randow
Lettering Diego Sanches
Ilustrações Diego Sanches
Editoração eletrônica Soraia Pauli Scarpa

Revisão
Hélia de Jesus Gonsaga (ger.), Rosângela Muricy (coord.), Célia da Silva Carvalho, Brenda Morais e Gabriela Lubascher Miragaia (estagiárias)

Iconografia
Sílvio Kligin (superv.), Cesar Wolf e Fernanda Crevin (tratamento de imagem)
Crédito das imagens p. 80 e 81: acervo pessoal; demais fotos: Renato Parada

DADOS INTERNACIONAIS DE CATALOGAÇÃO NA PUBLICAÇÃO (CIP)
(CÂMARA BRASILEIRA DO LIVRO, SP, BRASIL)

Kupstas, Marcia
Um amigo no escuro / Marcia Kupstas ; [ilustrações Diego Sanches].
– São Paulo : Ática, 2016.

ISBN 978-85-08-17997-8

1. Ficção - Literatura infantojuvenil I. Sanches, Diego. II. Título.

16-01772 CDD: 028.5

ÍNDICES PARA CATÁLOGO SISTEMÁTICO:
1. Ficção : Literatura infantojuvenil 028.5
2. Ficção : Literatura juvenil 028.5

Código da obra CL 739842
CAE 565561

2018
1ª edição
5ª impressão
Impressão e acabamento:Bartira

editora ática
Direitos desta edição cedidos à Editora Ática S.A., 2016
Avenida das Nações Unidas, 7221
Pinheiros – São Paulo – SP – CEP 05425-902
Tel.: 4003-3061 / atendimento@aticascipione.com.br
www.aticascipione.com.br

MARCIA KUPSTAS

UM AMIGO NO ESCURO

Ilustrações de Diego Sanches

editora ática

Está com medo de ficar sozinho? Ansioso por contar o que fez no fim de semana? Curioso em saber o que os outros fizeram? Quer uma dica de passeio ou de restaurante?

A maioria dos jovens de hoje resolve facilmente essas dúvidas apelando para as redes sociais. Então, seja navegando, tuitando ou enviando mensagens instantâneas, há a ilusória sensação de compartilhamento, como se cada um pudesse comungar sua intimidade, pensamentos e alma, de um jeito rápido e tecnológico, com a humanidade inteira.

Será que isso é verdade? Será que resolvemos todos os problemas de relacionamento e solidão apenas com o uso do celular?

Tenho minhas dúvidas. Acredito que as redes sociais nos distraem e nos colocam mais facilmente em contato com pessoas cujas ideias e realizações assemelham-se a nosso perfil, mas o ser humano é gregário, gosta de companhia. Diante de um problema, a conversa franca com amigos de carne e osso traz mil vezes mais conforto do que a leitura da listagem de mil "amigos" nas redes sociais.

Mesmo que superficial, não se pode descartar que a modernidade traz a pluralidade desses contatos. Uma pessoa disposta a encontrar um confidente ou um amigo tem hoje mais chance do que antigamente.

Um amigo no escuro foi escrito numa época em que nem se imaginava a importância da comunicação via celulares. O velho telefone fixo era lento, caro, pouco acessível e, mesmo assim, pôde ser instrumento de uma narrativa em que o acaso facilitou o início de uma bela amizade.

O excesso de chuva trouxe um blecaute à cidade. Sem energia elétrica, Luciana, de treze anos, não sabe o que fazer com seu tempo. A família está irritada, a TV não funciona, não há como esquentar comida no micro--ondas nem tomar banho quente. Então ela apela para a "roleta-russa de telefone", discando um número ao acaso e puxando conversa com um estranho. Pelas magias do destino, do outro lado da linha está Miguel, de vinte e oito anos, que tem a sensibilidade de lhe dar atenção e carinho.

Escrevi *Um amigo no escuro* só com diálogos, registrando um bate-papo em que os protagonistas partem da curiosa leviandade (típica da maioria das conversas nas redes sociais de hoje) para uma sessão de "abrir a alma", reveladora e intensa.

Um amigo no escuro virou ficção científica? A resposta é "pode ser", quando levamos em conta os recursos tecnológicos atuais. Porém, o leitor que não se apegar ao anacronismo das chamadas telefônicas encontrará uma comovente sinceridade nas confidências de Luciana e Miguel. Certamente vai se surpreender com a revelação final, num desfecho que aposta na verdadeira amizade, mesmo que em momento inadequado e entre pessoas muito diferentes.

Um abraço,

Marcia Kupstas

SUMÁRIO

“A amizade é o melhor pretexto até hoje inventado para que o indivíduo pretenda tomar parte na felicidade do outro.”

Machado de Assis

① BLECAUTE

— Alô?

— Você quer ser meu amigo? (*Pausa.*) Olha, sei que parece uma coisa meio maluca, ligar de noite e você também não sabe quem eu sou. Mas tô aqui sem fazer nada. E tá escuro, tá escuro à beça. A gente não pode ver tevê, nem revista, nem nada. Aí peguei o telefone e liguei. (*Pausa rápida.*) Meu nome é Luciana. Minha irmã já tá dormindo, ela dorme cedo, antes das nove, e a gente tem extensão aqui no quarto. É uma droga faltar luz, parece que metade da cidade está sem luz. Agora aqui parou de chover, porque, enquanto chovia, a peste da Nininha só chorava. E aí eu fiquei com uma vontade de conversar, falar com alguém, e eu fui pensando nos números, em números bonitos, que me dão sorte, fui me concentrando e discando e deu o seu... Você quer ser meu amigo?

— Eu não estou entendendo. Você me conhece?

— Não, claro que não! (*Riso nervoso.*) Acho que você não entendeu ainda, não é? Só liguei pra bater papo. Hoje foi um dia tão louco, choveu tanto e aí faltou luz...

— Então você discou ao acaso. Para encontrar um amigo? Lu...

— Luciana. Meu nome é Luciana.

— Quantos anos você tem, Luciana?

— Eu tenho de dizer? (*Pausa, riso nervoso.*) Só se você disser também.

— Calma, eu não quero criar caso com você, não precisa falar. Só achei que você é novinha. Acertei?

— Talvez.

— E quer um amigo... Mas você não tem amigos, Luciana? Você fala tão bem, parece ser tão desembaraçada.

— Fala a verdade, eu pareço uma papagaia, falo pra burro. Minha mãe é que não aguenta, vive dizendo que fui vacinada com agulha de vitrola. (*Risos do outro lado da linha. Luciana fala mais e mais depressa.*) Mas sou faladeira mesmo. Sabe, até que eu gosto. Pior é aquele tipo de gente que parece coruja, arregala o olho e fica caladão. Credo! Acho que eu morreria se tivesse de passar um dia inteiro quieta, caladona.

— Luciana, Luciana, você pode ser faladeira e isso pode ser muito bom. Divertido. Mas eu fiz uma pergunta.

— Sobre o quê? Amigos?

— Hum-hum.

(*Pausa. Luciana dá uma tossidinha, suspira, ganha tempo.*)

— Eu tenho amigos, claro. A Deise, a Luísa, a Clarita... Eu até tava falando com a Clarita no telefone quando começou a chover. Escuta, posso contar uma coisa? Assim, quase um segredo? Você jura que continua falando comigo depois?

— Juro.

— Jura mesmo, de verdade?

— Claro. De verdade.

— Acho que você tá é se divertindo com a minha cara, mas vai... Vou confiar em você. É a roleta-russa.

— Roleta-russa? Com revólver?

— Nããããããão, que revólver, que nada! A gente faz roleta--russa de telefone. Vou explicar: eu tenho minha turma, as minhas amigas. Um dia a Clarita apareceu com a ideia. Acho que uns primos dela é que faziam isso, em Curitiba. Ela voltou de férias de lá e veio com a ideia. É assim: a gente arrisca um número de telefone qualquer. E vai falando. Pode ser velho, homem, mulher, gente da nossa idade, sei lá. Vale tudo. Vai falando. Foi a Clarita que deu a ideia de começar com "Você quer ser meu amigo?". Ela diz que assim desarma as pessoas. E vai falando.

— Mas falando o quê? Parece uma ideia meio esquisita.

— Você nunca passou trote na sua vida?

— Trote? Não lembro... talvez. Trote é meio indelicado, não acha?

— "Meio indelicado"? (*Luciana repete a frase, exagerando.*) De onde você é? "Indelicado!" Trote é baixaria, claro que é baixaria. Mas a gente não faz o trote assim pesado, com palavrão nem nada. Tem aquele que liga e pergunta: "É do açougue?". O cara responde que não. Aí o outro fala: "É que eu vi uma vaca entrando na sua casa e pensei que era". Sabe, coisa assim. É bobeira, para de rir. Eu já falei. Não vou fazer trote, não esse tipo de trote.

— Está bem, eu paro de rir. (*Ainda ri, discretamente.*) Mas o que você vai fazer comigo, Luciana? Hem? Essa sua roleta-russa de telefone. Aonde vai dar isso?

— É o que eu tô explicando. A Clarita que arrumou a brincadeira. Não é trote, é mais legal. A gente acha um número ao acaso, liga, fica falando e aí depende.

— Depende do quê?

— De quem a gente "pegou". Às vezes, a gente faz a roleta--russa com duas, três pessoas ouvindo. A Clarita é a mais legal pra inventar coisas. Ela pegou uma velha e falou que era freira. Que ia abandonar a igreja, que estava apaixonada. Até disse o nome do cara. A velha ficou zangada! Chamou a Clarita de pecadora. E sabe o que a Clarita tava contando? A história de uma novela mexicana! E a velha nem se tocou, passou a maior moral, achou que era verdade.

— Luciana, quer dizer que vocês acham um número, discam, inventam um monte de coisa. E agora? O que você está inventando, "dona" Luciana, se é que seu nome é mesmo Luciana e se é que você está sozinha... (*Fala mais alto.*) E aííí, Clarita! Tudo bem? Você está na extensão?

— Não, não tá. Eu já falei que tô sozinha.

— Podia estar mentindo.

— Eu falei que ia contar um segredo, não falei? E você jurou que ia continuar falando comigo, não foi?

— Claro... Mas não é uma brincadeira? Ei, por que você está com essa voz? O que foi?

— Você não tá acreditando em mim.

— Luciana, veja bem: é esquisito receber um telefonema anônimo, com essa história de ser amigo de alguém, de que você está sozinha, de que está no escuro...

— Mas tá escuro mesmo! É o blecaute. Você não viu? Caiu o céu agora à tarde. Uma chuva do cão. E pimba! Metade de São Paulo tá sem luz. E eu tô sozinha mesmo. Quer dizer, tô sozinha porque eu quero. Meus pais estão lá na sala, e já rolou a maior cena. Desde as seis que a mamãe tá nervosa. Ela gastou quarenta minutos pra buscar a Nininha da escola, e é aqui pertinho. A Nininha chorando, tinha medo de trovão e não queria tomar banho. Eu, hem? Preferi esperar. Aí a gente descobre que tá sem vela. Então fui comprar, a rua inteira cheia de vizinho, todo mundo reclamando... A dona Matilde tava uma fera, parece que era o último capítulo de um novelão de que ela gosta. Aí chegou papai. Chegou uma pilha, também atrasado... Começou a mudar tudo quanto era vela de lugar, achou escuro. Acabei indo tomar banho frio, mas só lavei a cara e dei uma geral no corpo. Aí mamãe conseguiu telefonar pra Eletropaulo. Bom, falaram que a luz só vinha depois das dez. E foi um tal de esquentar comida na panela, porque nada de micro-ondas, e jantar à luz de velas e tomar banho de caneca com água quente do fogão. Ah, sei lá. Me enchi. Ninguém fala com ninguém, só dá bronca. Quando mamãe veio botar a Nininha na cama, eu também subi pro quarto. Aí resolvi telefonar.

— Para mim. Por acaso. Por acaso, por causa do blecaute.

— É.

— E para quê?

— Como, pra quê? Pra achar amigos. Pra passar o tempo. Pra trocar ideias, bater papo. Até namorar, sabe? A Nair fez uma roleta-russa e achou um cara superlegal, eles falaram umas três horas direto. Ele até combinou de conhecer a Nair, e o cara era bonitinho, um cara loiro, cabeludo... A única coisa chata era que ele morava em Embu. Quando veio a conta do telefone, a mãe da Nair queria comer ela viva.

(*Risos. Luciana também se contagia, começa a rir.*)

— Ah, Luciana, parece que a sua roleta-russa pode ser bem interessante. E você, já arrumou algum namorado pelo telefone? Ei! Quem sabe... Você está querendo me namorar, será?

— Não, a roleta-russa é pra arrumar amigos. Fazer brincadeira.

— Diz a verdade... No fundo você deve ter a esperança de encontrar o príncipe encantado.

— Não! Não é assim que funciona a roleta-russa. (*Luciana tapa o rosto com o cabelo comprido, morde a ponta do cabelo.*) Tem de conversar, ser legal. A Nair teve foi sorte. Porque a gente pega aí cada maleta.

— "Maleta"?

— É, cara chato, bobo. E velho. Eu dou um azar com velho! Peguei uma vez um cara tão surdo que pensou o tempo todo estar falando com a filha dele.

— E o que você fez?

— Eu fingi que era a filha dele, né? Mas encheu, bati logo o fone.

— Hum, essa é outra vantagem da roleta-russa. Interromper quando fica chato. Você é uma garotinha esperta.

— Como você sabe que eu sou uma garotinha? Eu não disse.

— Certo. Você não disse, mas eu não posso adivinhar? Talvez você esteja me subestimando, Luciana. Posso ser um bom detetive auditivo. Isso quer dizer que sigo pistas vocais em vez de manchas de batom ou cinza de cigarro, feito Sherlock Holmes.

— Sherlock Holmes é o detetive, né? Aquele velhão, de cachimbo e boné?

— Isso mesmo. O pai de todos os detetives, invenção do inglês *sir* Arthur Conan Doyle, o mestre das deduções. Será que você nunca leu um livro com as aventuras dele?

— Eu não sou de ler, não. Sabe que eu não sei o seu nome? Senhor Xis? Xis de Sherlock?

— Infelizmente, "cara" Luciana (ou, como diria o Sherlock, "caro Watson"), Sherlock não é com xis, é com esse-agá. Mas não fica chateada (seja chateada com xis ou com cê-agá). Me dá uma chance. Vou ver se adivinho umas coisas. Se eu acertar, respondo a todas as suas perguntas. Está bem?

— *Okay*.

— Bom, você não quis dizer a sua idade. Então, de duas, uma: ou você é muito velha, uma senhora que pode até ser bonita, mas prefere passar por mais jovem...

(*Luciana dá risada.*)

— Está vendo? Eu disse, de duas, uma. Essa primeira hipótese é tão absurda que você riu. Porque você não é uma senhora coisíssima alguma, Luciana. Então você esconde a idade porque deve ser jovem. Jovem demais. E tem uma irmã, com quem divide o quarto. Chamou a irmã de "peste". Aposto que você tinha uma vida de caçula, ou de filha única, por um tempo longo, até que nasceu a irmã, perdeu (ou acha que perdeu) alguns privilégios. E você tem tempo ocioso, não deve trabalhar. E você fala que tem amigos, mas só cita amigas. Ora, há uma fase na vida em que a grande aproximação se dá com gente do mesmo sexo; isso acontece no início da adolescência. Bom, tudo isso me aponta para... catorze anos. Acertei?

— Quase. Vou fazer daqui a três meses.

— E quanto ao resto?

— Eu não era filha única. Papai tem um filho de dezenove anos, o Téo. Ele mora em uma república em Campinas. Tá na Unicamp.

— Mas quanto à irmãzinha.

— É, você acertou. A Nininha é a caçula. Agora eu divido o quarto com ela e eu nunca dividi o quarto com ninguém antes. O Téo morava com a mãe dele, a primeira esposa do papai, e quase nunca via ele. Tá, tá. Até que você acertou. Eu tinha, sim, vida de filha única.

(*Pausa. Luciana dá risada. Anda pelo quarto, acaba se jogando na cama, brinca com o fio do telefone.*)

— Tá, Sherlock, você parece ser bom nessa brincadeira. E agora? Eu posso fazer perguntas?

— Todas as que quiser.

— Idade?

— Vinte e oito.
— Tudo isso?
— Tudo isso.
— E por que você tá falando comigo?
— Como assim?
— Poxa, você é velho! Quer dizer, não é que você é veeeeeeee-lho desse jeito, mas... Você devia é bater o fone na minha cara.
— Eu? E por que eu ia cometer uma indelicadeza dessa? Você conversa tão bem, Luciana. Estou adorando conversar com você.
— Por quê?
— Ora, por quê? Você é alegre, original, parece sincera no que está me contando. Pelo menos, não ouvi nenhuma risadinha das suas cúmplices de roleta-russa, não é? Você devia estar sozinha mesmo, com vontade de falar. Tenho todo o interesse em ouvi-la.
— Ah, um cara de vinte e oito anos deve ter um monte de coisa pra fazer, mesmo com o blecaute. Adulto vive trabalhando.
— Eu trabalho. Mas não "vivo trabalhando" como você falou.
— Você mora sozinho?
— Praticamente.
— Explica melhor.
— Moro num apartamento nos fundos da casa da minha mãe. Tenho aqui as minhas coisas, minhas músicas, meus livros. Faço traduções, tenho um pequeno fogão; às vezes, faço meu próprio chá.

— Topa fazer um jogo rápido?
— Como assim?

— Tipo pergunta de tevê, pingue-pongue. Eu pergunto, você responde. Depressinha, não pode demorar nem falar mais de dez palavras. Tá legal?

— Depressinha, dez palavras?

— Tem de ser sincero.

— Ainda isso? Como se pode ser sincero em dez palavras?

— Você vai ver que pode. Quer tentar ou não?

— Está bem.

— Uma cor.

— Todas elas.

— Todas misturadas viram preto. Assim não vale. Tem de escolher.

— Então, preto.

— Uma escola.

— Faculdade de Letras da USP. Foi onde eu estudei.

— Não precisa complementar. É só pingue-pongue, tá bom?

— Está.

— O que odeia.

— *Disc jockey* engraçadinho.

— Altura e peso.

— Um metro e setenta e dois, e... acho que sessenta e sete quilos.

— Loira ou morena?

— Não sei.

— Vai, rápido! Loira ou morena, boazuda ou magrinha, um modelo de mulher.

— Bem... Morena. Morena de cabelo comprido.

— Praia ou shopping?

— Praia.

— Um vício.

— Fumar cigarros.

— Se você fosse um bicho, que bicho seria?

— Cavalo.

— Por quê?

— Porque me pareço com um. Sou narigudo.
— Verão ou inverno?
— Serve primavera?
— Não. Tem de escolher.
— Então, inverno.
— Casado ou solteiro?
— Solteiro.
— Tem namorada?
— ...
— Vai, responde!
— Tenho.
— É bonita?
— É, acho que é.
— Acha? Não sabe?
— É uma questão de gosto...
— E você gosta dela?
— Gosto.
— Do que você mais gosta nela?
— Agora vai ficar só nesse assunto?
— Vai, responde, depressa... Olha o pingue-pongue.
— O rosto.
— O melhor amigo.
— Uns caras do trabalho.
— Diz o nome.
— Mas, se você não conhece, de que adianta falar?
— Quem faz pergunta sou eu! Você não sabe fazer roleta-russa.
— Então me ensina.

— Eu já falei como é! Roleta-russa tem de dizer o que pensa, o que acha, mas sem enrolar.

— Luciana, você tem muita prática. Eu nunca tinha feito um jogo como este.

— Não é só um jogo, né, Sherlock? (*Pausa. Luciana morde o canto dos lábios.*) Você vai ser só Sherlock? Não quer dizer o nome de verdade?

— Por quê? Às vezes você costuma dar nome falso?

— Depende. Depende do papo.

— Você é mesmo Luciana?

— Sou. Este é de verdade. Mas Luciana, inteiro. Odeio quando minhas amigas resolvem dar uma de preguiçosa e cortam o nome, falam assim mole, Luuuu. (*Ela imita, voz arrastada, entonação fanhosa.*) Luuuciiii... Gosto do nome todo. E o seu?

— É Miguel. (*Pausa. Ele fala com alegria.*) Ei, se quiser, pode me chamar de Miguilim.

— Miguilim? Que engraçado! E por quê?

— Faz anos, imensos anos que não me chamam assim. Miguilim é um personagem da literatura. Do Guimarães Rosa. Fica mais brasileiro que Sherlock.

— Mas o Miguel é verdade? Mesmo?

— É mesmo. Mas gostaria que você me chamasse de Miguilim, igual meu pai. Ele adorava o Guimarães Rosa, só me chamava assim.

— Apelido é um negócio esquisito. Tem vez que é uma praga. Quando criança, o cara tem o apelido de Tiquinho; tá aí um cavalão de duzentos quilos e continuam chamando ele de Tiquinho...

— Se eu fosse um Miguelão e me chamassem de Miguilim, ia ficar estranho. Mas não sou muito alto... Bom, Miguilim não tem nada que ver com tamanho. É mais pelo carinho, pela lembrança.

— O seu pai ainda chama você de Miguilim?

— Meu pai morreu. Há muito tempo. Era só ele que me chamava assim. Ficou uma lembrança dele. E agora, pronto. Você me chama de Miguilim.

— Nem os amigos nem a namorada te chamam assim?

— Só você. É um presente.

— É bom ganhar presente. Mesmo que pelo telefone. Agora é a sua vez.

— Minha vez do quê?

— De fazer o pingue-pongue comigo.

② O ÍNDIO DO COLOMBO

— NÃO SEI SE SOU MUITO BOM nessa história de pingue-pongue.

— Tenta, vai. Não custa. Pensa em coisas diferentes, alguma coisa que você ficou curioso de saber.

— O que me assusta é a resposta em dez palavras.

— Por quê?

— Dá para conhecer alguém com tão pouca informação?

— Já começou o pingue-pongue. Você tá perdendo pontos. Vamos, vamos...

— Tipo de rosto?

— Como assim, de quem?

— O seu, claro.

— Hum... Rosto meio redondo.

— Cor dos olhos?

— Castanhos.

— Os cabelos?

— Castanhos, mais ou menos compridos.

— Cor da pele?

— Branca.

— Tipo de nariz?

— Não sei... Fino, meio comprido.

— Como são suas mãos?

— Mas você só vai perguntar do corpo, não quer saber o que eu penso, o que eu acho da vida? Se é pra flertar, ah... Olha, se é pra descobrir se vale a pena conversar comigo porque eu sou bonita, eu... Tá bom, eu não sou bonita. Tá contente? Era isso que você queria saber? Alguma coisa do tipo "Se é pra aguentar uma pivetinha, então pelo menos que ela seja um avião"? (*Ela imita uma voz pedante.*) Você tá achando um saco falar com adolescente?

— Luciana! Desculpa. Eu só queria imaginar como você é. Nem me passou pela cabeça querer saber se você é bonita ou feia. Meu Deus! Imagina! Imagina se eu ia conversar com alguém só por causa da aparência física. Você me parece tão interessante.

(*Pausa. Quando Luciana fala, a voz vem baixa, meio rouca. Fala depressa.*)

— Interessante? Interessante e gorda, se quer saber. Sou grande, gorda. Tenho um metro e sessenta, peso sessenta e dois quilos. E não sou gata, esportiva, musculosa. Sou molenga, morro de raiva de nunca me sair bem em nenhum esporte. Nem dançar direito eu sei. Já tô cheia de ir pra balada e não dançar. Quem quer dançar comigo? Tem lá um cara, no mundo, que ia gostar de mim?

— Luciana! Isso é muito cruel.

— Cruel, mas é verdade. Ninguém quer desfilar com mulher feia. Os caras da classe só ficam em cima das boazudas, das meninas bonitas. Homem é tão previsível! O cara é feio pra caramba, mas esnoba as meninas, fica escolhendo. Fica se achando importante, zoando quem é gorda, é baixa, é espinhenta, é nariguda. Que droga!

— Luciana, você está dizendo um monte de bobagens. Desculpa, mas é uma injustiça. Nem todo homem se interessa só por aparência. Gente pode ser muito mais atraente do que tantos quilos ou tantos centímetros. Sabia disso?

— Talvez pra você, na sua idade. Mas, na minha escola, o pessoal só pensa em namorar, em ficar com menina bonita. É só aparência, é só exibição.

— E por que você se incomoda com isso? Quem julga só pela aparência deve ser um idiota. Não merece ser levado a sério.

— Pensa que é fácil? É que você tá velho. Deve ter esquecido como era na sua escola.

— Você acredita que eu não sofri quando era criança e quando era adolescente? Você acha que só você pode ter problemas de rejeição no mundo, menina?

(A voz de Miguel vem rouca, emocionada. Luciana suspira. Silêncio entre eles.)

— Eu queria só uma vez, só uma... arrasar. Tá bom, eu até tô exagerando. Às vezes pinta um namoradinho, eu danço aí com um primo de alguém, um amigo de amigo, assim magrelo ou com a cara cheia de espinhas.

— Que pode ter o mesmo problema de rejeição que você. Não é mesmo? E pode ser um cara muito legal. Que pode achar você muito interessante.

— Interessante não é bonita. Não queria arrumar um namorado depois de um tempão descolando papo. Eu queria chegar na festa e chamar a atenção de todo mundo. Todo mundo virar a cara quando eu entrasse, assim me encarando. "Olha que gata chegou!", eles iam falar. Eu queria botar uma mini e um *top* e ficar lindona, poder comprar roupa em qualquer loja, sem essa de procurar vestido que disfarce barriga ou estampado que disfarce peso. Queria ter esse visual lindo, sem fazer força. Porque é uma sacanagem. A garota bonita já nasce bonita e pronto. Por que todo mundo não podia ser lindão sempre?

— É uma injustiça.

— Claro que é!

— Uma injustiça divina. Terrível.

— ...

— Muito terrível.

— Miguilim, você tá me zoando.

— Só um pouquinho. Quero ver se você se acalma um pouco e pensa no que está dizendo.

(Luciana senta na cama, enrola e desenrola o fio do telefone, dá uma risadinha breve.)

— Eu desabafei pesado, né?

— Só um pouquinho... Exageros adolescentes.

— Mas você não vai me zoar por isso, né, Miguilim?

— Eu? Nunca. Imagina se eu ia menosprezar a solidão alheia. Já fui sozinho, Luciana. Demais. Mesmo agora, ainda enfrento tanta deprê!

— Verdade? Engraçado. Fico achando que pra adulto é sempre mais fácil. Tem grana, pode sair sozinho, pode dirigir carro. Então, se pintar uma tristeza, é ir pro shopping comprar uma roupa ou pegar um cinema, né?

— Nem todo mundo pode curar um momento deprê comprando roupa ou vendo filme.

— Tem quem é pobre, é verdade. Mas, mesmo pobre, se é adulto, não precisa obedecer ordem de mãe, de pai... Vai numa pracinha, num boteco.

— Esses podem ser alguns modos de resolver a solidão. Agora, não sei se resolvem.

— Como é que você fazia?

— Fazia o quê?

— Ah, quando batia uma solidão brava. Quando a gente briga com a família e tá difícil, sei lá. Você já teve isso, não teve?

— Tive.

— E aí? (*Luciana cruza as pernas e fica cutucando a unha do dedão do pé.*)

— Aí... Olha, eu sempre procurei me enxergar com objetividade. Quem eu sou, o que posso ser, até onde posso ir. Acho que o pior é ficar culpando Deus, o destino. Eu sempre tentei compreender o meu destino, comparar com o de outras pessoas.

— Não entendi.

— Por exemplo, se eu me sentia sozinho, tentava ver dentro de mim por que estava assim. Saber o que me faltava. Se era um amigo, que tipo de amigo. Será que ter alguém, qualquer um, do meu lado é melhor do que ficar sozinho? Será que, se aparecesse fulano ou beltrano, eu ia ficar menos sozinho? Ou continuava solitário, mas com outra pessoa do meu lado? Não é pior?

— Deixa ver se entendi. É alguma coisa do tipo "antes só do que mal acompanhado"?

(*Miguel ri, um riso discreto.*)

— É, por aí. E sabe, Luciana... eu acabava preferindo meus outros amigos. Meus grandes amigos: os livros.

(*Pausa. Luciana passa a língua nos lábios.*)

— Acho que eu nunca ia trocar uma amiga por um livro. Nem que fosse chata.

— Sua vida deve ser mais fácil que a minha, Luciana. Você é do tipo extrovertido. Agora que estou mais velho, tento ser mais comunicativo. Mas, quando eu era jovem, o melhor do mundo era o meu mundo, onde eu achava os meus amigos especiais. Eu imaginava, convivia com eles, eu... Escuta, você conhece a história do Robinson Crusoé?

— O cara que ficou numa ilha, um tempão?

— É. Essa história me fascinava de muitos jeitos. Primeiro, não sei se você sabe, mas é uma história real. Houve mesmo um náufrago inglês que viveu anos, sozinho, numa ilha. Quando ele voltou para a Inglaterra, contou suas aventuras a um escritor, o Daniel Defoe, que romanceou tudo e fez o Robinson Crusoé. Eu me interessava muito pela ideia da solidão dele. Da solidão e da sobrevivência: como um cara pôde contar só consigo mesmo? Criar uma casa, uma rotina, tendo só as suas esperanças? Pensar no Robinson Crusoé sempre me dava uma força nova. Se ele conseguiu, eu também consigo.

— Sei... Tô entendendo.

— Só que, de todos os personagens, todos os meus amigos solitários... teve um especial. Que me impressionou demais, na adolescência. Eu penso nele até hoje.

— Quem?

— O índio do Colombo.

— Do Colombo? Como assim?

— É, o Colombo, o descobridor da América. Eu li que ele, quando voltou para a Europa, levou junto uns índios. Para mostrar na Corte da Espanha. Eu sempre quis saber o que aconteceu com esses índios. Como eles viveram, como eles se sentiram?

— E o que aconteceu com eles?

— Assim, com certeza, eu nunca descobri. E isso só serviu para me deixar mais curioso, sabe? Mais fascinado. Eu fantasiava, me via na pele de um daqueles índios. Você já imaginou? Dos vários que vieram com o Colombo, um foi morrendo, o outro também... Quando eu era jovem e estava muito sozinho, eu me comparava ao índio do Colombo. O que aquele índio tinha? Outro mundo, gente com roupas diferentes, uma língua estranha. O que seus olhos podiam ver? Luciana, ele tinha tudo que nenhum espanhol pobre jamais sonhou ter! A presença de reis e princesas, o luxo da Corte e, quem sabe, não servissem a melhor comida e a mais fina bebida e ele continuava o homem mais solitário da Terra.

(Pausa. Miguel suspira de leve. Luciana encara fixamente as sombras que a vela acesa sobre a cômoda lança nas paredes.)

— Eu não sabia dessa história dos índios. Desse seu índio do Colombo. Ele nunca voltou pra casa?

— Acredito que não. Eu já falei, os cronistas da época não se interessaram em registrar o destino daquele índio. Eu é que fiquei impressionado e, sempre que ficava triste, voltava a pensar nele. No índio do Colombo. E imaginava, sempre com mais detalhes, a vida dele. Tantas vezes meus problemas pareciam tão pequenos, se comparados a sua solidão.

— Ah, Miguilim! Acho que o seu índio só ia piorar a minha tristeza. Porque lembrar do Robinson Crusoé é legal. Ele sofreu, ficou sozinho um tempão, mas voltou pra contar sua história, e todo mundo ficou espantado com a coragem dele. Já esse índio...

— Talvez por isso eu me identificasse tanto com ele. Não teve ninguém que chorasse por ele, pensasse nele. Enquanto Colombo era o herói e exibia os índios como prova de sua viagem, o índio, o último índio, era o homem mais solitário do mundo. Então, quando era mais novo, às vezes eu chorava por aquele índio. Eu tentava achar, no meu coração, alguma esperança, algum jeito de que minha alma pudesse, um dia, encontrar a alma daquele índio em algum lugar e dizer que eu era amigo dele.

(Silêncio. Luciana se mexe na cama, se ajeita melhor. O fone fica entre seu rosto e o travesseiro. Suspira.)

— Esse lugar é o céu?

— Acho que pode ser chamado assim.

— Você acredita nisso, Miguilim? Céu e inferno, santo e diabo?

— Já fui mais religioso. Minha mãe me educou na Igreja católica, eu ia sempre à missa, falava com o padre. Ultimamente, continuo acreditando em Deus, mas só vou à igreja de vez em quando.

— Miguilim...

— Pode falar.

— Sabe, eu... Ah, nem sei se conto.

— Claro que conta. Não foi para isso que você ligou?

(Luciana puxa a pele do canto da unha, fica cutucando.)

— Sabe o que é... Eu sou assim viciada em filme de terror.

— De terror?

— É. Você gosta?

— Eu sou mais de ler, Luciana.

— Eu vejo muito filme. Muito mesmo. Não no cinema, que às vezes o filme é proibido, ou então fica muito caro. Mas o que eu vejo de filme de terror! Será que é errado?

— Ora, e por quê? Não existem boas histórias em muitos deles?

— Minha mãe diz que é exagero. Que não fica bem, pra uma moça, assistir "essas coisas". É assim mesmo que ela fala, "essas coisas". Como se filme de terror fosse uma baixaria. É verdade, tem alguns que são mesmo de arrepiar, são fortes. Só que até os fraquinhos ela proíbe. Nunca me deixa ver esses filmes.

— Se ela nunca deixa, como é que você assiste sempre?

(Luciana ri alto. Espreguiça-se na cama, afasta um pouco o bocal do rosto. O tom de voz é propositalmente malicioso.)

— Bom... é segredo mesmo. Você adivinhou. Quer ouvir?

— Claro. Tudo o que você quiser contar.

③ O GOSTO DO TERROR

— A MINHA PRIMA JÚLIA. Sabe, ela é três anos mais velha que eu. Ela, sim, é tarada por terror. Já viu um filme do Freddy Krueger vinte e uma vezes.

— Vinte e uma? Não é exagero, não?

— Ah, eu acho. Até porque os filmes do Freddy eu gosto mais ou menos. Tem hora que parece gozação. A gente até adivinha quem vai morrer, sabe. "Esse aí morre em cinco minutos de filme!" (*Ela grita.*) E, pronto, tá lá o cara, ou espetado, ou comido, ou arrebentado. Não é bem assim que eu gosto. Prefiro mais quando a história vem devagarinho, dando uma pista. Depois, você não vê o monstro. Aí, quando ele aparece dá até vontade de gritar.

— Garanto que você grita mesmo.

— Na casa da Júlia a gente pode, ela sempre fica sozinha de tarde. Toda semana, pelo menos um dia, eu vou à casa dela. Ela mora só com o tio, o pai dela é separado da tia. O legal é que ele não regula os filmes. Também não regula os amigos da Júlia. Tem dia que tá lá um bando de gente vendo filme. Cada um legal: *O silêncio dos inocentes*, *Carrie, a estranha*... *Carrie, a estranha* eu adorei, do Stephen King... Ei, o Stephen King você deve conhecer, ele escreve livros de terror. Você gosta de livro, né?

— Este foi baseado num livro do King. A história é forte.

— Esse eu também assisti. É legal. A cena final, sabe? Quando a casa da Carrie é derrubada e some no chão. Não fica nada, só o terreno. Então a mocinha vai levar flores ali e olha pra baixo e, de repente, aparece a mão de dentro da terra. Nossa! O pulo que eu dei quando apareceu a mão e começou a puxar a mocinha! Tive até pesadelo. Depois a gente descobre que era pesadelo da moça, mas, na hora, dá o maior medo.

— E você gosta de sentir medo.

— Gosto. (*Luciana suspira, muda o tom de voz. Demonstra uma certa insegurança.*) Você... você acha que isso é feio? Gostar de sentir medo? Gostar do escuro? Porque agora, aqui, só tem uma vela, e eu acho legal. Fica assim cheio de sombra, parece coisa de terror. Você gosta?

— É impossível não gostar do escuro no meu caso. Mas fale mais. Como é que você faz, vai escondida à casa da prima sem ninguém saber?

— Eu não miiiiinto assim descarado pra minha mãe, né? Ela sabe que eu tô na Júlia, mas ela pensa que eu vou fazer a lição de casa, porque a Júlia tá no colegial e pode me ajudar. É mentira, a gente vai mesmo ver os filmes. A Júlia já disse que vai fundar o Clube dos Apavorados. Tem o Walter, tem o Binho, a Marina, a Lia. A Lia é tão maluca por terror que só se veste de preto. Diz que é uma coisa *dark*. Eu bem que queria me vestir assim: *dark*.

— *Dark*? Em inglês é "sombrio, escuro".

— A minha mãe me matava, mas juro que queria. Coisa mórbida, só andar de preto, ter uma caveira no quarto. A Júlia tem uns pôsteres bizarros. Tem pôster de zumbi, do Drácula. O *Drácula* eu assisti também. O filme é mais de amor do que de terror, mas é bonito. Amor eterno, mesmo que seja de vampiro.

— Drácula eu conheço. A história pode ser muito erótica. No livro é.

— No filme também. Tem umas vampiras irmãs do conde que são taradinhas. Só querem chupar o coitado do inglês.

(Miguel ri.)

— Ei, eu falei alguma coisa errada, Miguel?

— É o seu jeito, Luciana... Você define os personagens de uma forma. Diz o que pensa. E isso é engraçado. É simpático. Eu nunca tive muito contato com adolescente. Se são todos como você, até me arrependo de nunca ter lecionado.

— Você é professor, Miguel?

— Fiz faculdade de Letras, bem que podia lecionar. Não, a minha insegurança... Duvido que eu pudesse ensinar a matéria sem ter certeza de como os alunos estavam reagindo.

— Hã, por quê? Acho que você daria um ótimo professor. Você ouve, tem paciência. Ia ensinar sem ficar chato.

— Bem, talvez eu possa ensinar alguma coisa para você. Quem sabe? Esse clima de que você falou, o interesse pelo sombrio, pelo sobrenatural. É tão antigo!

— Antigo?

— É, antigo. Sua mãe não devia censurar você. Os homens sempre foram fascinados pelo mistério, pelo terror. O clima de morbidez, vampirismo, possessão demoníaca.

— Nos filmes, né?

— Mais que isso. Luciana, espera aí.

— Ei, aonde você vai, Miguel?

— Você me deu uma ideia. Um momento, Luciana.

(Ruído de fone sendo deixado de lado. Luciana respira fundo, fica cutucando o lençol com o dedão do pé.)

— Alô?

— Miguel?
— Achei um texto *dark* para você. Quer ouvir?
— Texto *dark*?
— Hum-hum. Posso ler? Você presta bem atenção?

(Miguel começa a ler, bem devagar. Enfatiza os versos, faz empostação de voz.)

É uma visão medonha uma caveira?
Não tremas de pavor, ergue-a do lodo.
Foi a cabeça ardente de um poeta,
Outrora a sombra dos cabelos louros.
Quando o reflexo do viver fogoso
Ali dentro animava o pensamento,
Esta fronte era bela. Aqui nas faces
Formosa palidez cobria o rosto;
Nessas órbitas — ocas, denegridas! —
Como era puro seu olhar sombrio!

Agora tudo é cinza. Resta apenas
A caveira que a alma em si guardava,
Como a concha no mar encerra a pérola,
Como a caçoila a mirra incandescente.

Tu outrora talvez desse-lhe um beijo;
Por que repugnas levantá-la agora?
Olha-a comigo! Que espaçosa fronte!
Quanta vida ali dentro fermentava,
Como a seiva nos ramos do arvoredo!
E a sede em fogo das ideias vivas
Onde está? onde foi? Essa alma errante
Que um dia no viver passou cantando,
Como canta na treva um vagabundo,
Perdeu-se acaso no sombrio vento,
Como noturna lâmpada apagou-se?
E a centelha da vida, o eletrismo
Que as fibras tremulantes agitava
Morreu para animar futuras vidas?

Sorris? eu sou um louco. As utopias,
Os sonhos da ciência nada valem.
A vida é um escárnio sem sentido,
Comédia infame que ensanguenta o lodo.
Há talvez um segredo que ela esconde;
Mas esse a morte o sabe e o não revela.
Os túmulos são mudos como o vácuo.

Desde a primeira dor sobre um cadáver,
Quando a primeira mãe entre soluços
Do filho morto os membros apertava
Ao ofegante seio, o peito humano
Caiu tremendo interrogando o túmulo...
E a terra sepulcral não respondia.

Levanta-me do chão essa caveira!
Vou cantar-te uma página da vida
De uma alma que penou e já descansa.

(Miguel quase grita nos últimos versos. Depois, ele os repete, num tom de voz de desalento.)

— "De uma alma que penou e já descansa." Então, Luciana? O que você achou?

— ...

— Luciana?

— Nossa, que coisa esquisita! É diferente. O que é isso? É letra de *rock*? Você traduziu?

— *Rock*? Esse poema? *(Ele ri alto e descontraído.)* Minha querida, não é *rock*, não. É Álvares de Azevedo. É poesia brasileira de cento e setenta anos atrás. E não é só um poema, Luciana. Todo Álvares é isso que você descreveu, esse clima que você encontra nos seus filmes. Aquilo que você falou que gostaria de fazer, curtir a roupa escura, demonismo, caveira.

— Eu não sabia! Não sabia que tinha isso. E esse cara era o quê? Eu nem sabia que ele existia! Como é o finzinho, mesmo? Lê de novo.

(Barulho de papel, folhas viradas.)

— "Levanta-me do chão essa caveira! / Vou cantar-te uma página da vida / De uma alma que penou e já descansa"... (*Ele lê em voz grave.*)

— Como é mesmo o nome do escritor?

— Álvares de Azevedo. Poeta romântico, byroniano. Você não estudou Romantismo na escola?

— Eu ainda tô no Ensino Fundamental.

— Poxa, eu até esqueci como você é novinha. Quando falei que curtir terror é coisa antiga, pensei nesse movimento de poetas do século XIX. Curtiam o demonismo, o sobrenatural, cemitério à meia-noite. Conta a lenda que muitos deles chegavam a beber vinho usando caveira como taça.

— Ele fazia isso?

(*Luciana senta na cama. Mexe na correntinha de prata pendurada no pescoço, puxa furiosamente a correntinha para os lábios, fica rilhando o metal nos dentes.*)

— Bom, o Álvares até que não, parece mesmo que ele tinha muita imaginação. Escreveu feito um alucinado, enquanto fazia faculdade de Direito em São Paulo. Morreu com vinte e um anos.

— Vinte e um? Coitado. Então ele não fez nada na vida.

— Escreveu. Escreveu farta e lindamente para fascinar, cento e setenta anos depois, uma garota sensível como você.

— Sensível? Você acha? Mesmo gostando de terror, você acha que é sensível?

— Acho que todo mundo tem uma dose de curiosidade mórbida. O Álvares e outros poetas da época sabiam muito bem o que podia dar medo e interessar. Amor e morte. Juventude e sexo. Solidão e sobrenatural. "Sorris? eu sou um louco. As utopias, / Os sonhos da ciência nada valem."

(Silêncio emocionado através do fio. Miguel tem a respiração acelerada. Luciana está pensativa, rilhando a correntinha nos dentes.)

— Esse poeta... o Azevedo. Eu bem queria mostrar pra Júlia. Acho que ela ia gostar.

— Eu mando o livro para você. Está bem? Um presente.

— Jura? Que legal! Eu vou ler. Parece que esse cara aí é da nossa turma.

— Tenho certeza que sim.

4 JOGO LIMPO

— Espera um pouco.

— O que foi, Luciana?

(Luciana pousa o fone sobre o lençol. Vai até a porta, ouve ruído de conversa, alta, no andar de baixo. Testa o interruptor de luz, ainda sem funcionar. Volta a pegar o fone, senta na cama.)

— Pensei que a luz tinha voltado.

— E voltou?

— Não. Ainda tá escuro. São os meus pais. Eles fizeram um barulhão lá embaixo. Acho que tão brigando.

— Eles brigam muito?

— *(Suspiro.)* Acho que o normal. Meu pai é muito certinho, sabe? Quer se meter em tudo, saber de tudo. Então pega demais no pé da minha mãe, no meu. Sabe o cara que quer relatório de escola? Que pergunta a toda hora se fez lição e quer ver até caderno? Acho que por isso o primeiro casamento dele gorou. Ele também era mais ciumento. *(Pausa. Luciana muda o tom de voz, parece mais alegre.)* E você, é ciumento, Miguilim? Com a sua namorada?

— Hum, lá vem você de novo com essa conversa sobre namorada.

— É ou não é?

— Não sou. Acho que ciúme é sentimento ruim. Se é para ficar com alguém, é para ter confiança. Senão não vale a pena.

— Eu concordo. Acho horrível. Tem gente que tá com a pessoa, tá tudo bem, mas fica sempre desconfiando. Aqui em casa, sabe. Minha mãe é professora de Matemática. Volta e meia tem reunião de noite, e eu tenho certeza de que ela vai *mesmo* na reunião, não tem nada de mais. Ah, e pra quê? Noite de reunião é noite de briga. Meu pai às vezes vai buscar ela na escola. Ou fica aí, todo zangado, na sala. Faz aquele monte de pergunta pra ela. Eles pensam que eu tô dormindo, mas eu escuto tudo. E é uma droga, porque tá na cara que meu pai pensa que minha mãe mentiu sobre a reunião. Não é uma loucura?

— Um ciúme assim forte, sem razão, parece loucura mesmo. Agora, sabe uma coisa que eu descobri? Muitas vezes, o ciumento não está com ciúme da pessoa, com medo de traição. O ciumento tem ciúme da alegria do outro.

— Da alegria? Ciúme?

— É, é verdade. O seu pai, por exemplo. Duvido que ele ache que sua mãe tenha um amante. Acho mesmo que ele tem *certeza* de que ela é fiel. Mas o ciumento morre de medo, sabe de quê? De que a outra pessoa possa se divertir longe dele. Entende, Luciana? O ciúme é de *tudo*. Da alegria da mulher, de que ela possa gostar de uns amigos, possa ficar feliz longe dele. Isso é o mais terrível: longe dele.

(Luciana se vira na cama, olhos fixos no teto. Sombras andam por ele. A pouca luz espicha a sombra do lustre.)

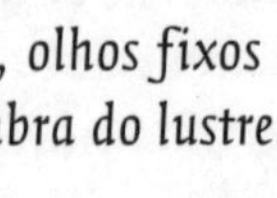

— Será que com namorado também é assim?

— Por quê?

— Ah, isso que você falou. Que loucura! (*Luciana senta na cama, fala depressa, excitada pela descoberta.*) Eu nunca pensei nisso, Miguilim. Do ciumento ter ciúme da alegria. De encher a paciência do outro porque não quer que o outro fique feliz longe dele. Lembrei agora de uma amiga, a Zezé. Poxa, a Zezé é a colega mais brincalhona da classe, sempre sabe piada e imita professor. Cada imitação que ela faz, é só risada. Até palavrão. Ela solta palavrão, mas não fica feio. Em festa, então, a Zezé arrasava. Inventava brincadeira, fazia gente tímida dançar, era sensacional. Daí foi arrumar namorado, pronto! Teve o aniversário da Deise e a Zezé foi com o cara. Gente, ela mudou. Não falava com ninguém, só ficava grudada no namorado. Ela olhava do lado, ele olhava feio pra ela. Nem deixou ela conversar com a gente!

— Pode acreditar. É um tipo de ciúme.

— Que coisa mais louca.

(*Luciana morde a unha furiosamente. Silêncio.*)

— Luciana, o que foi?

— Ah, eu tô é muito irritada com esse negócio, Miguilim. Você tem razão, é um ciúme maluco. Vou conversar com a Zezé. O cara quer mudar ela todinha.

— Vai com calma, pode ser que ela até queira mudar.

— Que nada! Você não conhece a Zezé. Ah, será que todo namorado é assim? Mandão, chato?

— Claro que não, Luciana. Pode ser que...

(*Luciana fala depressa, corta a conversa de Miguel.*)

— Ah, mas comigo não vai ser assim. Imagina. Se me aparece aí um desses caras mandões, aí... um bonitão metido a... (*Imita uma voz "de macho".*) "Escuta aqui, garota, você nem pense em se meter a besta... Se olhar do lado leva um tapa, se der risada leva dois." Eu não! Vou armar um rolo, mas um rolo... (*Faz uma voz "de namorada" respondendo a machão.*) "Que é que você tá pensando, hem? É grande, mas não é dois. Nem pense em se meter comigo. Quer mudar a minha personalidade, é? O que você é, hem? Seu, seu... seu mefistófeles. Seu megatério, sacripanta..."

(*Miguel está rindo alto.*)

— Ah, Luciana, para com isso, vai... Essa sua bronca.

(*Miguel ri, mais e mais alto. Luciana sorri; puxa a correntinha para a boca e fica esfregando o metal nos dentes. Tem vontade de rir também, mas se faz de séria.*)

— Miguel!

— Essa sua bronca... é a coisa mais louca que eu já ouvi. Você está xingando... com uns nomes...

— É, eu sei. É tudo bobagem inventada mesmo. Mas ficou legal, não ficou? Parecia que eu tava brava, né? Deu pra convencer?

— Muito, muito. (*Miguel suspira.*) Você consegue ser muito engraçada quando quer, Luciana. É tão divertida, tão interessante. Ah, Luciana! (*Pausa.*) Eu queria tocar você, saber...

(*Luciana interrompe.*)

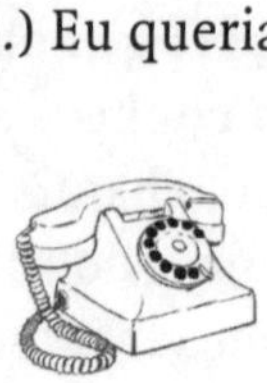

— O que você disse?

— Eu acho você muito divertida. Interessante.

— Não, não foi isso.

— O quê?

— Você disse "tocar", não foi?

— Não sei. Você entendeu isso? Eu falei que você é interessante. E pode ter certeza, Luciana, meninas interessantes podem ser muito mais atraentes que aquelas só... só bonitas.

— Você falou "tocar". É isso que você queria fazer comigo? Mesmo sabendo que eu sou uma pivete gorducha?

(Pausa. Luciana larga a correntinha. Miguel suspira.)

— Vamos mudar de assunto. O que você faz? Como é o seu dia a dia?

— É chato. Da escola pra casa, de casa pra escola. O dia de ficar na Júlia é legal, mas é só uma vez. E faz lição de casa e vê se descola um shopping no fim de semana... *(Pausa. Luciana passa a língua pelos lábios.)* Você falou "tocar", não foi?

— Luciana, não insista. Fala mais. Não é possível ter só coisa ruim no seu dia a dia, não é mesmo? De que mais você gosta?

— Bom, eu gosto de ver tevê. Filme, programa de auditório. Agora, eu gosto mesmo é de novela. Assisto pelo menos duas. Você gosta de novela?

— Eu não vejo tevê.

— Ah, é. Você é dos livros. Mas novela é legal, sabe? Às vezes é só isso que eu tenho, o capítulo, pra me lembrar de noite. É verdade. Às vezes o meu dia foi assim tão bobo, tão vazio... Se eu não tivesse uma cena pra ficar lembrando, acho que até chorava. Mas aí eu lembro da história da novela, imagino se fosse eu ali com o personagem... e quando pinta um beijo, ah, sei lá.

— Você deve adorar os beijos...

— Quem não gosta? Ontem, na *Cidade perdida*, teve um beijo lindo, foi supercomovente. A Giulia Gomes e o Alex Paiotti. Você sabe quem eles são, né? A Giulia ganhou até prêmio como revelação em novela ano passado... e o Alex é loiro, tem uns olhos... nunca vi olhos tão azuis, ele é muito gato...

— Como foi o beijo deles? Conta a história para mim.

— Você não assiste tevê! Não tá a fim, não gosta.

— Mas, como seu novo amigo, eu me interesso pelo que você gosta. Verdade. Eu quero saber.

(Luciana se deita na cama, de barriga para baixo. Vai falando depressa e mexendo na correntinha.)

— Bom, a Giulia... a personagem da Giulia, né. Ela é super-rica, é filha do dono da fazenda, o dono da fazenda é o Tarcísio Gomes, acho que esse você conhece, né?

— Sim. Já ouvi falar dele.

— Bom. Ela parece chata, porque foi muito mimada, o pai sempre deu tudo pra ela. E tem um médico na cidadezinha, recém-chegado. É o Alex, claro. O Alex tem a maior queda pela Giulia e a Giulia bem que gosta dele também, mas, como ele é o tipo de médico que atende pobre de graça, que protege os camponeses, que pega no pé do pai da Giulia, ela fica com raiva dele. Iiiiiih, já teve briga, cada briga entre os dois! Teve uma vez que a Giulia tava com uma empregada dela na cidade e ela gritou com a empregada; aí o Alex deu a maior dura nela... Disse assim: “Só porque você é rica não deve ser grossa!”. *(Imita o ator.)* Então eles ficam aí que nem gato e rato... Você tá me ouvindo?

— Claro. Está interessante. Pode falar.

— Bom, ontem a Giulia foi andar a cavalo e, sem querer, encontrou o Alex. Eles discutiram. A Giulia, superteimosa, resolveu dar uma de valentona e botou o cavalo pra correr. Correu e caiu. Parece que quebrou a perna. O Alex, ainda bem que ele é médico, socorreu ela. Levou a Giulia até uma gruta, tentou fazer um curativo. E então começou a chover, chover pra burro. Ela tava com medo, não quis ficar sozinha, quis que o Alex ficasse com ela na gruta. Ele soltou o cavalo dela. Achou que, se o cavalo voltasse sozinho pra fazenda, alguém ia saber que a Giulia tava em perigo... E tá assim, a maior chuva e a Giulia com febre. Ela tá superbonita. Ela tá meio dormindo, com um pouco de febre. Ela pede um abraço. Ele abraça. Os rostos dos dois ficam juntinhos. O Alex, com aqueles olhos azuis lindos... Ela pede um beijo e fala que tá sonhando com um lugar lindo. O Alex aproxima o rosto e rola um beijo superlegal. E foi assim que terminou o capítulo. Hoje o pai da Giulia deve encontrar os dois. Só quero ver no que vai dar. Mas, com o blecaute, eu não vou poder ver.

— Que bonita essa cena!

— Você achou, é? Tá vendo? Novela tem isso. Essa coisa de paixão, de amor.

(Silêncio, Miguel suspira.)

— Uma menina romântica.

— O quê?

— Só estou definindo você. Achando graça no destino. Na sua roleta-russa. Você, que vai do terror ao amor, que encontra poesia numa cena de novela. Tenho outra pequena tentação romântica para oferecer a você.

(Barulho de folhas de papel.)

— O que foi, Miguilim?

— Foi o que eu disse: do terror ao amor. Quer mais um pouco do Álvares de Azevedo? No mesmo clima da sua novela?

— Hummmmm... Ainda vou me viciar nesse cara.

— E por que não? Quer ouvir?

— Quero, quero sim. O que vai ser?

(Miguel mexe em papéis, murmura algumas palavras, parece procurar um trecho em um livro. Luciana cantarola um pouco o tema de abertura da sua novela favorita.)

— Achei. Agora imagina o que você viu na cena, tente sentir. Sentir como o personagem, o Alex. A visão da mulher que dorme. O que se imagina. O que se pode sentir... Posso ler?

— Pode.

(Em voz grave, pausada, Miguel lê.)

Vem, rainha da noite! quero amar-te
Com os lábios molhados nos licores,
No teu seio de fogo derramar-te
A mística ilusão dos meus amores!
Ah, vem, repousa, embala-te em meus braços,
Quero viver, morrer nos teus abraços!

Ela dormia: a rosa desmaiada,
Que a noite serenou, nem é tão pura
Nos moles véus da névoa mergulhada!
Era mais bela que de luz divina
A palidez em nuvem peregrina.

E tão pálida e bela! seminua,
As pálpebras do sono em véu sombrio,
Lânguida como vagarosa Lua
Quando voga no mar de um céu d'estio,
E o seio palpitante como a vaga
Que da praia a solidão da noite alaga!

Do cabelo nas ondas a donzela
— Inda mais alva a face — adormecia:
Que fria morbidez nas faces dela!
Rosa que as folhas cândidas despia
Dos amores do vento nos delírios,
No frio orvalho de prateados lírios!

Oh! sonhava talvez! vi-as tremendo,
— Qual de colar em seio volutuoso,
Pérolas soltas — lágrimas correndo!
E nos seus lábios como som mimoso
De arroio d'água límpida ao bafejo
Os ais tremiam ao cismar de um beijo!

Era o vento da noite que passava
Da magnólia a pender no mole seio?
Criatura de amor que ao sono em meio
Vaporosos suspiros emanava?
Era a Lua que, inanida, gemia
Quando entre nuvens pálidas se erguia?

Que pensamento, que desejo incerto,
Que saudades e amor a palpitavam?
Flores ou anjos, nuvens do deserto
Entre a névoa dos sonhos que a roçavam?
Ou da Julieta, pálido, risonho,
Pro seu belo Romeu ardia em sonho?

Ela dorme. Silêncio! Ó noite bela!
Fresco e perfume só derrame o vento

Nos cabelos da lânguida donzela!
E da noite ao frescor o sangue lento
Corra nas suas azuladas veias
Como a onda no mar sobre as areias!

— Também é do Álvares?

— Hum-hum.

(Luciana aperta o travesseiro no peito, pensativa.)

— Você lê com tanta paixão, fica tão... tão bonito. Deve ser legal ser sua namorada, Miguilim, sabe? Ela gosta de poesia?

— Ela quem?

— A sua namorada...

— De novo, esse assunto!

— Como é que ela é? Ela parece com a Giulia Gomes? Você já leu pra ela esse poema da moça dormindo?

— Luciana, por favor.

— E escrever poesia? Garanto que você escreve. Você já fez poesia pra sua namorada? Hem, Miguel?

— ...

— Miguel?

(Surge um barulho na linha, como se Miguel tivesse batido o fone em algum lugar. Luciana senta-se na cama.)

— Miguel? Miguilim? Alô... O que foi? Você tá aí?

— Estou, Luciana. (*Suspiro.*) Eu não tenho namorada, Luciana. Eu menti.

— Mentiu? Mas por quê?...

— O que você queria que eu dissesse? Que eu sou um solteirão de vinte e oito anos? Um solitário? Eu não imaginava onde essa nossa conversa poderia ir. Para que confundir? Era mais fácil fingir. Fingir que eu sou um cara cheio de amigos, com uma linda namorada e uma maravilhosa vida sentimental.

— Amigos?...

— Não tenho amigos. Não tenho namorada. Tenho só uma mãe possessiva e terrível que tenta me isolar e me trata como criança. Não é uma droga, Luciana? Não é uma vidinha besta? Era isso que você queria ouvir? Você, que tem treze anos e está sozinha, sem ninguém, e parte para uma roleta-russa para achar amigos... ia querer ser minha amiga?

— Amigo... amigo não mente pro outro.

— Você nem era minha amiga ainda. Eu falei sem pensar.

— E o resto? E o resto que você falou? Era mentira também?

— Como assim?

— Ah, a história do índio do Colombo... do Álvares... do seu pai morto... Vai ver ele morreu nada. Vai ver você tem é vergonha dele, ele é bobalhão... e eu... eu achei que você era órfão. Até fiquei com dó de você.

— Isso não! Ouviu? Não quero. Por isso eu não falei. Não quero que você tenha dó de mim.

(Silêncio. Nenhum dos dois fala. Tensão e irritação. Respiração ofegante de Miguel. Luciana morde os lábios.)

— Uma brincadeira. Uma garotinha sem ter o que fazer propõe uma brincadeira... a roleta-russa de telefone. Para quê? Quer arrumar um namorado? Quer saber como eu sou? Eu sou... bonito. Lindo! Tenho um metro e noventa, pratico surfe, halterofilismo... Sou um cara fortão e loiro, tenho cabelo comprido, um monte de garotas interessadas em mim. E sou rico. Ah, viajo pelo mundo todo. Nunca fico deprê. Isso é para idiota e fracote, gente miserável que nem devia viver. Eu não. Sou um... um semideus, posso tudo e sou tudo.

— Para com isso!

— O que foi? Não gostou do meu retrato? Ah, não? Eu posso ser... um ladrão. Um homem brutal, cicatriz no rosto, tatuagem pelos braços, nariz quebrado. E louco. E sou mau, eu sou muito mau, sou um estuprador e adoro degolar adolescentes.

— Para com isso! Para com isso! Você tá me deixando com medo mesmo... Miguel, Sherlock... Para com isso.

(Luciana está chorando. Não consegue se controlar. É um choro convulsivo. Uma lágrima escorre pelo rosto e molha a mão que segura o fone.)

— Você... *(Fala entre soluços.)* não entendeu. A roleta-russa... de... te-telefone... é pra achar amigo. Não ficar sozinha...

(Ela chora um pouco mais, tenta se controlar, mas o choro continua convulsivo.)

— Acho que... a-acho que vou desligar...

— Não! Por favor, Luciana. Por favor, não faça isso! Não me deixe sozinho... Eu não... eu nunca na minha vida quis falar com alguém como agora... Vou me sentir tão mal, tão culpado. Ah, Deus! Eu não quis. Não quis te ofender, te magoar. Eu... eu fiquei com raiva. Não gosto que tenham pena de mim. Por isso eu menti. Eu menti para me proteger e não para magoar você, ridicularizar a sua brincadeira, a sua tentativa de achar amigos. Por favor, minha menina, não desligue... Por favor. Desculpa.

(A voz de Miguel soa gutural, apavorada e tensa ao mesmo tempo. Luciana vai, aos poucos, diminuindo o choro. Ambos respiram forte.)

— Por que você fez isso, Miguel? Por que mentiu? E eu aí, tentando imaginar como era a sua namorada...

— Desculpa mesmo. Mas saiba, Luciana... acredita em mim. Eu tive meus motivos. Motivos sérios.

— Como assim?

— Confia em mim, por favor.

— Você me assustou, Miguel. Você é Miguel mesmo?

— Miguilim.

— Isso é verdade?

— Isso é verdade. E... sobre o meu pai. Também é verdade, Luciana. É uma lembrança terrível a morte do meu pai. O acidente. Ele bateu o carro, eu também estava no carro. Fiquei dois meses entre a vida e a morte. Eu sobrevivi e ele se foi. Eu vivi para... lembrar, para sentir que talvez... talvez não fosse tão bom assim ficar vivo. Agora estou sendo sincero, Luciana. Totalmente sincero...

— Você quer ser meu amigo mesmo? De verdade?

— Juro.

— E não vai mentir mais, mesmo? Não vai... fazer piada nem falar que é bandido, nem nada?

— Juro.

— ...

— Eu já disse que juro.

— Você não é bandido, é?

(Miguel ri. Luciana acaba rindo junto.)

— Não, nunca. Um cara como eu lá pode ser bandido? De que jeito?

— É, você não me convenceu muito não. Um bandidão não ia recitar poesia nem falar difícil que nem você...

— Provavelmente. (*Pausa.*) Você está melhor, Luciana?

— Tô.

— Espera um pouco.

— Miguilim? Aonde você vai?

(Barulho de fone sendo deixado de lado. Ruídos de alguém que mexe em algum aparelho. Luciana começa a ouvir uma música pelo fone.)

— Gosta? É Vivaldi. *As quatro estações.* Uma das minhas músicas favoritas.

— Põe mais alto.

(O som aumenta. A melodia, cheia de sons de flauta e com suavidade, chega nitidamente aos ouvidos da garota.)

— É música clássica, né?

— É. Vivaldi é um compositor do período barroco. Eu gosto de música relaxante, é bom para ler, faz a gente pensar melhor. (*Pausa.*) Você ainda está magoada comigo?

— Só um pouquinho... Tá bom. Não tô mais não.

(Ficam ouvindo um pouco a música, em silêncio. Luciana procura um lenço no bolso do pijama. Não acha. Dá de ombros e limpa o nariz no canto do lençol.)

— Miguilim, você me diz uma coisa?

— Fala.

— Você tem um segredo?

— Como assim?

— É, um segredo na sua vida. Uma coisa que você não quer que ninguém fique sabendo. Tá certo, até era meio segredo, pra mim, o que você falou... de não ter namorada. Mas além desse. Uma coisa em que você pensa muito e nunca sabe se deve contar pra alguém.

— Todo mundo tem seus segredos, Luciana. Às vezes... são nossos medos. Coisas que podem nos envergonhar.

— É, uma coisa assim. Que você nunca contou pra ninguém e vive encanado com aquilo.

— Você quer me contar uma coisa, não é? O seu segredo.

— Ah, não sei. Acho que quero. Mas fico com medo de que você dê risada de mim.

— Prometo que não.

— Se eu contar o meu, você conta o seu?

— O meu o quê?

— O seu segredo.

— Eu conto... um deles.

— Nossa, tem tanto assim na sua vida?

— Eu sou bem mais velho que você, Luciana. Devo ter juntado bem mais segredos na vida, não acha?

— Pode ser. Hã, eu fico com vergonha.

— Luciana, você não está me vendo. Eu nem estou perto de você, estamos dividindo nossa solidão...

— O escuro. A gente também tá dividindo o blecaute.

— É, eu esqueci isso. Também. Dividimos a escuridão. É... é como se você conversasse sozinha.

— Eu vou falar então. Foi uma vez, um dia... já tem uns meses. Foi nas férias de verão. Lá na praia, lá em Ubatuba. Você não interrompe, tá? Não faz pergunta. Promete?

⑤ O SEGREDO

— A GENTE ALUGOU A CASA POR UM MÊS. Mamãe acertou com umas amigas pra dividir o aluguel de uma baita casa. Foi a Nininha, as amigas da minha mãe também têm filhos. Pra Nininha até que tava legal, porque tinha umas pivetinhas da idade dela. Os pais não conseguiram tirar férias o mês inteiro, então, ficava mesmo a mulherada o mês todo, os pais iam e vinham no fim de semana. Era uma bagunça, e eu tava achando ruim ter tanta pivetada. Mas aí fiz amizade com umas meninas de uma outra casa; uma delas era quase da minha idade, a Gina, e tinha a irmã dela, de uns dezoito anos, a Cleide. Elas pareciam legais, a gente jogava vôlei e se encontrava quase todo dia. Eu adoro praia, sabe. A gente conversava e eu... Bem, eu caí na besteira de falar pra Cleide que nunca tinha beijado. Pra quê! Ela me zoou tanto! Nossa, fiquei com muita raiva! Bom, pra piorar, dois amigos da Cleide apareceram na casa. Eram uns carinhas de uns dezoito, vinte anos. Um deles, o Paulo, era lindo. Eles montaram uma barraca no quintal da casa que também tinham alugado. Eles dormiam lá fora, mas passavam o dia todo pela casa, pela praia. Olha, minha mãe ficou até brava comigo, porque eu vivia na casa delas. Também, mamãe só juntou amiga com filho pequeno! Eu mal ficava na casa, passava o tempo todo na casa das minhas amigas. E o Paulo... Bom, eu nunca tinha visto um cara tão bonito; ele era moreno, bronzeado, praticava esportes. Justo eu, que mal acerto a bola de vôlei, acabava jogando só pra ficar perto dele. Poxa, mas eu sabia! Ele lá ia dar bola pra uma pivete que nem eu? Ah, se fosse pra dar atenção pra alguém, ia ser pra Cleide. Eu? Imagina! Não ia dar em nada mesmo. Mas aí teve um dia em que a Gina falou, no meio de todo mundo, que eu era "zerinho". Uma sacanagem, ela queria dizer que eu nunca tinha beijado ninguém. Poxa, morri de vergonha! Não sei como é que não me enterrei na areia. Ela não tinha o direito de contar isso. Foram elas que contaram pro Paulo que eu estava a fim dele. E elas combinaram, lá na praia, de eu ir de tarde na casa delas. Era um dia frio, tinha chuviscado. Então pensei que elas iam jogar baralho. Minha mãe ainda falou pra eu ficar em casa porque ia chover. Era verão, mas fez um dia de inverno. Eu insisti e fui pra casa delas. Tinha uma ruazinha que encurtava o caminho. Fui por ali, um vento forte, andei e cheguei lá, e estranhei. Não vi ninguém, nem na varanda nem na frente da casa. Chamei por elas, pela mãe delas, nada. Nos fundos da casa, dentro da barraca, tava o Paulo. Ele me falou que o pessoal tinha ido até a cidade. Cara, aquilo não era esquisito? Ah, eu fiquei até meio contente. Puxa, o Paulo aqui sozinho! Aí ele perguntou se eu já tinha beijado antes. Pronto! Percebi o que elas tinham aprontado. O Paulo perguntou se eu não queria entrar na barraca pra pegar um refrigerante. Bom, devia ter desconfiado. Refrigerante dentro da barraca? Ele foi na frente. Eu entrei também. E não sei o que deu nele. Ele veio assim supermaluco pra cima de mim. E me beijou. Na hora fiquei meio besta com aquilo, mas pensei... "É o Paulo, esse cara lindo, me beijando". Nem sei o que fiz, nem sei se tava ou não gostando do beijo. Fiquei com um pouco de vergonha também. Ele me beijou bem forte. Eu tava de olhos fechados, percebi que ele se mexia todo, nem sabia o que ele queria fazer. Aí abri os olhos, olhei pra baixo.

Ele tinha tirado a bermuda! Aí me assustei. Quis sair da barraca, ficava falando que "Não, eu não queria"... Ele me deu outro beijo, com força, apertou a minha bochecha pra eu abrir a boca. Queria chorar, já não sabia se sentia nojo ou se gostava dele, não queria pegar nele, queria era sair dali. E também morria de raiva das minhas amigas. E ele insistia, dizia que toda garota faz isso, pra eu deixar de ser boba, que era legal, que ia me acostumar; e quis me beijar de novo. Sei que fiquei com uma dúvida enorme. Será mesmo que todas as meninas?... Bom, sei que consegui me levantar; ele achou que eu ia topar. Consegui sair da barraca, fugi, corri pelo quintal. Ele ainda gritou: "Você é uma pivete, criançona!". E eu fui correndo, correndo pela ruazinha, pelas casas. Começou a chover, eu ia correndo e parece que a voz dele me perseguia. Ah, Miguel, cheguei na casa alugada, tava com frio, só quis um banho quente. E chorei, chorei no chuveiro, um tempão, me sentindo tão mal, tão triste...

(Luciana para de falar, sua respiração está alterada. Ela aperta o travesseiro, morde o pano do travesseiro. Algumas lágrimas apontam em seus olhos.)

— Eu acho que você fez muito bem.

(A voz de Miguel está calma e decidida.)

— Como assim?

— Você fez muito bem, Luciana. De agir conforme os seus sentimentos. O cara era um idiota! Que direito ele tinha de lhe dar um beijo forçado? Insinuar relações? Você tem treze anos!

— Olha, Miguilim. O beijo... Eu até queria o beijo, sabe? Eu tinha até sonhado com ele me beijando. Mas o resto? Por que ele não me perguntou antes? Eu nunca tinha visto um... Você sabe.

Por que ele fez isso? Será que eu provoquei ele? Eu até dei umas insinuadas. Mas queria só um carinho.

— Luciana, por favor. Para de se culpar! Claro que você podia estar atraída pelo rapaz, um cara bonitão, mas foi quase um estupro! Foi um absurdo. Um absurdo como tudo foi conduzido. A grosseria dele, as suas amigas desrespeitando a sua confidência.

— Ainda bem que o Paulo foi embora uns dias depois. Então, a Cleide perguntou se o meu beijo tinha sido legal. Eu menti, só falei do beijo, falei que tinha sido mais ou menos. Mas elas não disseram mais nada, que o Paulo ia ficar pelado. Acho que ele também não contou pra elas. Não sei, acho que o beijo até foram elas que combinaram. Já o resto...

— Luciana. Que segredo ruim de guardar! E você não contou para ninguém? Você não falou para sua mãe?

— Minha mãe! Você sabe o que ela ia dizer? Se eu contasse *só* do beijo? Ou se eu falasse que a Cleide e a Gina tinham me deixado sozinha com um cara na casa? Ah, ela ia dizer: "Bem feito! Eu falo que você não sabe arrumar amizade, olha o que deu". (*Luciana imita voz irritada.*) Ela não entende! Acha que eu sou uma menininha! Eu só sou grande quando é pra cuidar da minha irmã. Aí sim, tenho "obrigação". Ela só se preocupa com a Nininha, só agrada ela. Acho que nem ela nem meu pai gostam de mim. Se eu fosse embora, pronto. Eles deixavam o quarto todo só pra Nininha.

— Luciana, isso não é outro exagero adolescente? Sua mãe deve mesmo gostar de você, pode ter certeza. É que, às vezes, os jeitos de gostar são diferentes. É difícil mostrar afeto. Ela quer

proteger você. Ou pensa que você é mesmo tão menininha. Mas você devia ter contado pra ela. Ter explicado, ter feito o que você fez comigo: trocado um segredo, uma confidência.

— Com você é diferente! A gente nem se vê, você ouve o que eu tô contando e só. Se eu mudar de ideia, desligo, é roleta-russa, qualquer coisa. Mas com a *minha mãe*? Eu ia enfrentar o olhar dela, Miguel? O olhar dela, que mata. Ela fecha a cara, já prepara a bronca. Mesmo que nem saiba o que eu vou falar, ela já tá pronta pra criticar: "Eu não disse? Você não me ouve mesmo". (*Imita uma voz áspera, um comando.*) Droga! Eu gosto da Nininha, tem hora em que ela é um nenê legal, mas tá naquela fase egoísta: "É meu, o doce é meu!". E se você não dá logo a coisa pra ela, lá vem minha mãe ou meu pai dando bronca: "Você já é uma mocinha, Luciana. Dá pra sua irmã, não vê que ela tá chorando?". A Nininha chorou? Ah, é porque a Luciana fez alguma coisa. A Nininha quer doce, quer um brinquedo? Ah, a Luciana tem de dar, "é mocinha". A Nininha? Coitadinha, é só um nenê.

(*Pausa. Só o som de Vivaldi pelo fone. Luciana joga o cabelo sobre os olhos.*)

— Miguilim, posso ser sincera com você?

— Claro, Luciana. O que você quer?

— Escuta. Não dá pra você tirar essa música, não? Ela pode ser calma, você pode gostar, mas ela é tão chata! Parece coisa de velório!

(*Miguel ri, Luciana também sorri, ajeita-se na cama.*)

— Luciana, adolescente, você consegue passar da confidência mais trágica ao comentário mais divertido. Gosto muito disso. Claro que eu tiro o Vivaldi. Pronto. Desliguei. Assim está melhor?

— Tá.

— Depois eu vou ver se acho outra música. Luciana?

— O quê?

— Estou gostando muito de você.

— Ah! Um cara de vinte e oito anos.

— Agora, aqui, na nossa conversa. Não temos idade. Não temos rosto.

— Você seria capaz de ficar com uma garota de treze anos? Você faria o que o Paulo fez?

— Nunca.

— Por quê?

— Luciana, você pode ser linda, *sexy*, jovem, sedutora, o que for. Mas acho que você tem de viver suas experiências com pessoas da sua idade. Não ser forçada a fazer algo porque outras garotas fizeram. E, menos ainda, aceitar um cara mais velho, por uma pressão. Nunca ser forçada a fazer qualquer coisa.

— Não era forçada. Com você, não sei. Tô gostando de você, Miguel.

— Luciana, goste de mim. Goste, sim, como de um irmão bem mais velho.

— Não sei se é desse jeito.

— Luciana, é roleta-russa. É a solidão. É o escuro, a deprê total. Você diz isso por causa de todas essas coisas. A gente só está conversando. Quando voltar a luz, quando você for para a escola, vir suas amigas, encontrar outro rapaz bonito, claro, que não seja um cafajeste, você não vai pensar em mim. Você tem todas as coisas do mundo, Luciana.

— Tenho? (*Ela dá um sorriso irônico.*) Eu não achei nada ainda.

— Você não sabe nada de mim.

— É só você contar.

— Não é tão simples assim.

— E o seu segredo? Eu contei o meu. Passei a maior vergonha, mas contei. Qual é o seu? É um marciano, tem quatro olhos? É *gay*?

— Não, eu não sou *gay*.

— Mas não vai contar o seu segredo?

— Um deles. Posso contar um deles.

— Então conta!

— Luciana, eu conto. Mas por que você está agressiva comigo?

— Eu? Ah! Não estou agressiva!

— Está, sim. (*Pausa. Miguel abaixa o tom de voz.*) Se você sequer imagina que eu possa estar rejeitando você por algum motivo fútil, não é isso. É que eu não posso.

— Por causa da minha idade?

— Por causa de mim.

— E o que você tem?

— Você não quer uma confidência? Você me contou desse seu trágico primeiro beijo, dessa mistura de amor e raiva, da obrigação de dar um beijo e do horror de experimentar o sexo. E comigo? Eu queria contar. Se tivesse coragem, eu contava a verdade agora. Mas ainda não. Estou precisando dessa roleta-russa mais do que você imagina. Eu não posso contar agora.

— Contar o quê?

— O outro segredo.

⑥ TÂNIA

— ESTÁ ESCURO, NÃO É, LUCIANA? Bem escuro?

— Tem uma vela no criado-mudo.

— Apaga a vela. Você me faz esse favor? Fica mesmo no escuro, o mais possível.

— É pra criar o clima?

— É, é sim.

(Pausa. Leve ruído do colchão, de passos abafados.)

— Pronto. Agora tá escuro de verdade. Eu nem subi na cama, tô aqui no chão, do lado do telefone. Pode falar.

(Miguel passa os dedos devagar na testa, pensativo. Fala devagar, pausado.)

— Minha história é feita de sons. De cheiros. De medos, de muito medo. Luciana, é impressionante como consigo lembrar do dia do acidente. Eu tinha só oito anos, mas me lembro de tudo, detalhes tão pequenos como o tipo de claridade, aquele lusco-fusco das cinco da tarde em dia de inverno. Lembro que o carro ia pela estrada, o reflexo do sol na estrada, o verde do campo, o jeito com que papai movia o volante, lembro inclusive que ele usava um terno cinza. E a curva, na estrada... o brilho rápido cegando os olhos de papai, o caminhão. Ah, Luciana, consigo rever cada um desses detalhes um milhão de vezes. E todo o imenso tempo de trevas, os meses (depois fiquei sabendo que foram meses) que passei em coma. Aí teve o despertar. Espera um pouco, Luciana. Vou pegar um cigarro.

(Miguel anda pelo quarto, tateia atrás de fósforos e do maço. Acende o cigarro com a mão levemente trêmula. Enquanto isso, do outro lado do fio, Luciana se encolhe sobre o tapete.)

— Luciana?

— Estou aqui, sim. Estou ouvindo.

— Então, o despertar. Eu seria um ingrato, um idiota total se não entendesse como minha mãe foi importante nesse momento da minha vida. O marido morto, um filho traumatizado pelo acidente, a necessidade financeira, tanto peso nas costas de uma mulher. Ela foi maravilhosa, Luciana. Durante anos, ela foi simplesmente maravilhosa. Abriu um negócio com o dinheiro do seguro. Trabalhou muito. Esteve sempre do meu lado. Ela me ensinou tudo o que pude aprender. Ela lia para mim, ela me abriu o caminho da literatura, me ensinou a gostar de música, a compreender o mundo à minha volta. E, por isso, por esse amor, vou ser muito, muito grato. Mas já falei, Luciana, como é difícil. Fazer o amor não virar uma outra coisa. O que a gente falou sobre o ciúme. Ciúme não existe só entre marido e mulher, Luciana. Ciúme de mãe pode ser mais terrível. Ainda mais quando a mãe perdeu tanto na vida e se dedicou a fazer o filho feliz. Eu sei, mamãe sempre quis que eu tentasse ser feliz, mas à maneira dela. E aí, ah, como podia ser terrível também! Uma pessoa ciumenta é uma pessoa feia. E nessas horas ela virava uma pessoa muito feia.

(Miguel traga o cigarro, solta uma longa baforada para cima, bate a cinza no cinzeiro.)

— Amigos. Na hora em que entraram os amigos é que minha mãe revelou sua face feia, feroz. Eu ia à escola, ao instituto, ao clube, aprendi a nadar. Mas na hora em que tentava ser igual aos outros, tentava conversar com os outros, fazer amizade... alguma coisa acontecia. Vamos dizer, por exemplo, que eu convidasse um colega da escola para ir em casa. Mamãe nunca recusava, nada disso. Ela sempre agia do modo dela, era muito educada. Eu e o amigo passávamos a tarde juntos e vamos dizer que tudo corresse bem, sabe. A gente conversava, até brincava. E, na hora que o colega ia embora, talvez até dizendo algo como: "Ah, você precisa ir em casa outra vez", eu sabia. Podia mentir que sim, mas era o colega sair e mamãe começava a sua luta discreta. Nada pesado, mas uma palavra, algo assim: "Ah, esse garoto é inteligente. Ele é isso e aquilo, mas *(Miguel enfatiza o "mas", imitando voz feminina.)* ele não parece nervoso demais? Será que tem algum problema?". Era esse o jogo dela. Sutil. Começava achando um pequeno defeito no amigo. Ia e localizava outra falha. Uma terceira. E conseguia me convencer. Melhor, não sei até que ponto ela me convencia mesmo, ou eu é que percebia a intenção dela e acabava entrando no jogo, mas acabava achando mesmo que o fulaninho, no fundo, no fundo, não queria ser meu amigo, mas veio em casa com a intenção de me fazer de bobo, ou talvez quisesse me roubar, se a gente tivesse jogado alguma coisa. Enfim, ele não era um bom amigo. Não merecia confiança. Eu só podia ter confiança na mamãe. Amigo? Não, é bom manter distância. Não há amigos suficientemente bons.

— Miguel, mas por quê? Por que sua mãe afastava você dos amigos desse jeito? É chato ficar sozinho!

— É estranho, não? É egoísta, não? Talvez ela quisesse me proteger. Entendo que, no fundo, ela morria de medo de que as pessoas pudessem me ferir. Acreditava realmente que só ela poderia me tratar direito e só ela poderia me fazer feliz. É uma loucura egoísta, eu sei. Mas era no que ela acreditava. Se, por um lado, era a pessoa que mais me incentivava a captar o mundo, por outro, temia que o mundo pudesse chegar até mim. E foram anos assim. Anos em que as minhas tentativas de amizade resultavam em... pequenas conversas, encontros meio às escondidas. Eu não convidava mais ninguém para ir em casa e, quando queria sair com um grupo, por exemplo, para uma lanchonete depois da aula, era sempre inventando mil desculpas, mil histórias. Tinha de chegar em casa e afirmar para ela que eu não tinha me divertido, que não tinha encontrado ninguém legal, que ela, ela sim, era minha melhor amiga.

— Sua mãe, sua melhor amiga? Você achava isso mesmo, Miguel?

— Às vezes, sim, Luciana. Às vezes, realmente um passeio ou uma conversa era boba, frustrante. Mas, mesmo quando era bom e eu me divertia, vivia uma vida dupla, vamos dizer. E isso durou, essa dificuldade de sair da casca, até os vinte e um anos.

(Miguel umedece os lábios com a língua, suspira fundo.)

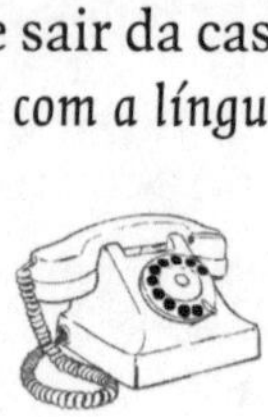

— Tinha terminado o Ensino Médio, fazia uns serviços de meio expediente em computação. Resolvi fazer cursinho. Foi no cursinho que eu conheci a Tânia. Meu Deus, que mulher extraordinária! Nem por um instante ela me tratou de um jeito diferente. Lembro a primeira vez que ela sentou do meu lado. Ela me ofereceu um cigarro. Eu falei que nunca tinha fumado. Ela riu, um riso aberto, tão sincero, e falou assim: "Eu ensino. A gente tem de experimentar de tudo na vida". E acendeu o cigarro pra mim, segurou o cigarro na minha mão, falou como fazer. Tanta naturalidade! A voz dela era adorável, divertida. Nisso se parece com você, Luciana. Uma voz meio infantil. Tão alegre! O que eu adorava nela era a capacidade de falar da própria vida, das suas intimidades. Ela encarava a vida como um excitante jogo de descobertas, de emoções. O sexo. A dança. As festas. Tinha amigos, vivia passeando, conhecia todo mundo na classe. E olha que classe de cursinho é enorme, tem uns trezentos alunos. Nem preciso dizer que me apaixonei por ela, do jeito mais absoluto e total. Vou apagar o cigarro. Um minuto, Luciana.

(Miguel tateia procurando um cinzeiro. Esmaga a bituca, volta a pegar o fone.)

— Eu amei Tânia desde o primeiro momento. Mas tinha também muita clareza, Luciana. Em nenhum momento poderia imaginar um romance com ela, alguma ideia romântica de que ela ficasse comigo, casasse comigo. Jamais iria tão longe. Na verdade, já me bastava a ideia de que ela fosse minha amiga. Era uma sensação incrível supor que, entre tanta gente da classe, tantos rapazes com quem ela poderia sair, conversar, ela escolhesse a mim. Tânia sentava do meu lado todos os dias.

Conversava sobre as aulas, fazia piadas sobre os professores, me ajudava a copiar a matéria. Tânia contava tudo da vida dela para mim. Ela namorava bastante, tinha seus namoradinhos. Às vezes um ou outro durava mais tempo, eu sofria com a ideia de que ela namorasse firme alguém e se afastasse de mim. Mas também tinha consciência de que para Tânia eu só poderia ser um amigo. Nada mais que isso.

(Miguel para, suspira fundo. Passa a mão pela testa, parece cansado.)

— Foi assim em meio a uma conversa banal, quase final da aula. Nós falávamos de música, clássica e folclórica. Ela mencionou um compositor nordestino, o Elomar, que tinha formação clássica e compunha usando temas nordestinos. De repente, o convite: eu não queria ir com ela ao show? No sábado? E, depois, por que não um restaurante? Luciana, nem podia acreditar no que estava ouvindo. Aquela moça incrível não tinha vergonha de sair com um... sair comigo? Bom, eu percebi que também precisava ficar à altura da coragem dela. Precisava merecer aquele convite. Era impossível esconder da minha mãe a importância que Tânia ganhava nos meus sentimentos. Para sair com Tânia, teria de ser às claras. Pela primeira vez eu encontrava alguma coisa, alguém, para me fazer enfrentar a vida. Enfrentar a vida significava enfrentar minha mãe.

(Pausa. Miguel morde os lábios, suspira.)

— Pois bem. Era a guerra? Que viesse. Disse para minha mãe que ia sair com uma garota. E que ela não ia impedir. Que eu queria o meu dinheiro para gastar com Tânia. E dei o golpe final quando disse que ia me mudar para o quarto dos fundos. Era o quarto de empregada, mas não tínhamos empregada. Estava vazio. E insisti: aqui, no quarto, iria ser livre. Livre para receber quem eu quisesse, na hora em que eu quisesse. Ah, Luciana, que inferno! Minha mãe tentou sua velha tática de destruir as bases do inimigo. Foi muito discreta, querendo saber mais sobre a moça. Se sabia que nós não éramos ricos. Claro, porque ela só podia ser uma interesseira. Afinal, sair com um rapaz nas minhas condições. Luciana, quando ela disse isso, "minhas condições", eu fervi. Quase agredi fisicamente minha mãe. Gritei, joguei muita mágoa em cima dela. Falei de solidão, de isolamento. De amor.

(Miguel ri. Um riso irônico.)

— De amor. E minha mãe sabia que eu precisava tanto de amor? Ela entendeu tudo como sexo. Como ela disse: "necessidades físicas". Bom, foi uma conversa terrível que deu em nada. Era uma decisão e resolvi levar a mudança adiante. Sozinho. Por dois dias eu fiz a mudança sozinho, do sobrado para o quarto de empregada. Porque, depois da briga, a tática da minha mãe foi a de não me dar a menor ajuda. Não falava comigo, mudava pequenos objetos na casa só para dificultar meu trajeto. Não se propôs a mexer numa xícara. Achava que eu ia desistir. Foi bem difícil ajeitar o quarto, mas consegui. Levei meu rádio, os livros, o colchão, a cama. Quando passei na frente dela com a cama, ela ainda soltou seu veneno: "Será que essa moça não tem doenças?”. Ah, como foi difícil manter a calma. Como foi difícil controlar a minha ansiedade e o ciúme de mamãe.

(Luciana muda o fone de ouvido, dobra as pernas, apoia o cotovelo no joelho.)

— No sábado, tomei banho mais cedo e me plantei na sala. Minha mãe fez o que qualquer supermãe faria. Ficou do meu lado, aumentando minha ansiedade: “Espera perto do telefone. Daqui a pouco ela liga, desmarcando o compromisso”. *(Ele imita uma voz autoritária.)* Sabe, Luciana, eu também só pensava nisto: ela não vem. Por que vai sair comigo? Para quê? Ah, mas quando reconheci a buzina do carro dela, eu voei para fora. Sabia, ia ser uma noite muito, muito especial.

(Miguel pega outro cigarro, fica brincando com ele entre os dedos.)

— O show foi incrível, extraordinário. O Elomar tem uma voz rouca, suas letras são fortes, muito originais. A Tânia parecia tão alegre, falava na minha orelha, ela se apoiava no meu braço. Éramos como um casal de namorados! No intervalo, ela encontrou uns amigos e me apresentou com naturalidade, continuou segurando no meu braço e, depois do show, fomos ao restaurante de comida chinesa. Tânia me ajudou a segurar os pauzinhos, colocava a comida na minha boca! *(Miguel está emocionado. Imita o gesto de segurar em pauzinhos invisíveis.)* Ah, eu soube. Naquele instante, no restaurante chinês, entendi como aquela noite ia terminar. Mas não fiquei com medo. Nem ansioso. Sabia, queria demais tudo o que a Tânia estava disposta a me oferecer.

(Miguel pega devagar os fósforos, acende outro cigarro.)

— Depois do restaurante, ela me levou até em casa. Parou o carro, ainda ficamos conversando ali dentro. Eu podia adivinhar que minha mãe ainda estava acordada; não tinha a menor vontade de entrar em casa. E aí a Tânia pediu para ver meu quarto. Ela sabia da minha mudança. Queria conhecer o meu "canto". Para chegar lá, não é preciso passar pelo sobrado, existe uma porta lateral. Então nós fomos. Abri a porta, ela achou bonito. Disse que ia me dar um pôster para decorar a parede. Um pôster, imagina! Como se eu pudesse aproveitar a beleza de um pôster.

(Miguel ri, está comovido. Luciana afasta o fone do ouvido, gesto rápido. Olha para o aparelho, respiração alterada. Encolhe-se o mais possível no chão, posição quase fetal. Volta a encostar o fone no ouvido.)

— Ela não falou mais. Só encostou a boca, bem suave, na minha. Eu coloquei Vivaldi, como agora eu quis dividir com você *As quatro estações*. Tânia começou a tirar a minha roupa. Devagar, muito devagar, ela me despiu. Sem pena de mim nem querendo alguma coisa. E podia sentir, pela ponta de meus dedos, a sua carne macia, a sua pele muito suave. E, depois que eu fiquei nu, ela pegou minha mão, fez meus dedos desabotoarem lentamente a sua blusa, descerem o zíper da sua calça. Era uma espécie de dança. A dança d'*As quatro estações*, e minha Tânia só podia ser primavera, meu Deus! Primavera... e nós. Nós nos amamos. Do jeito mais puro, mais limpo e completo que poderia acontecer entre duas pessoas. Eu não sabia se chorava. Se eu fosse um deus, teria transformado Tânia numa estrela, num sol, uma fonte de luz. A minha especial fonte de luz, a minha mulher. A primeira mulher da minha vida, naquela noite especial, Luciana. Você entendeu a importância de Tânia?

— Entendi. Entendi tudo.

(*Luciana continua na posição fetal. Mãos contraídas no fone. Miguel suspira, espera mais algum comentário. Depois continua falando.*)

— Foi tão bom. E terminou. Terminou como era de se esperar. A Tânia era um passarinho, um bicho livre. Ainda se encontrou comigo algumas vezes. Mas foi prestar exames em muitas cidades. Só me disse adeus, me deu um beijo na boca e sumiu da minha vida. (*Pausa.*) Por mais que eu dissesse a mim mesmo que o final era esse mesmo, quase endoideci. Eu me tranquei no quarto, não queria sair nem queria tentar vestibulares. Aí, a ironia: minha mãe até se ofereceu para telefonar para Tânia. Para convencê-la a ficar comigo, a me telefonar. Ficou até engraçado... (*Miguel funga, move o rosto para os lados, respira num sopro.*) Luciana, o meu segredo. O que eu falei para você, o maior de todos, até esse momento. Você entendeu por que eu pedi que apagasse a vela? Ouvisse tudo isso no escuro, no escuro total?

— Agora não tá escuro. Não escuro total.

— Como assim?

— A luz, Miguilim. A luz voltou.

— Voltou? Quando?

— Já tem um tempinho. Aqui no quarto eu não liguei a luz, mas no corredor tá acesa.

— E por que você não falou? Era tão importante para você a luz... a sua novela, a tevê.

— Eu não ia atrapalhar a história. Ainda mais quando eu descobri.

(*Pausa.*)

— Desde quando você sabe? Sobre mim?

— Só agora. Nessa história da Tânia. Mas antes você falou, falou da tevê... Eu disse tanta bobagem!

— Eu sou cego, Luciana.

(Luciana anda nervosamente pelo quarto. Vai até o limite do fio telefônico, volta à parede oposta. Morde os lábios, aperta o fone e o aparelho com força. Miguel está sentado numa escrivaninha, livros em braile estão espalhados à sua frente.)

— Como eu sou boba, boba! Por que não descobri? Como é que você podia ler no escuro? E ler tão depressa.

— É, ler...

(Miguel tateia sobre a escrivaninha. Uma luz está acesa sobre seus papéis, mas ele "lê" o título Obra completa de Álvares de Azevedo *pelo tato.)*

— Eu e a roleta-russa. O número no escuro.

(Luciana acelera os passos. Aperta e desaperta o fone, mão suada.)

— A sua roleta-russa. O acaso, não é?

— Que vergonha!

— Luciana, e agora? E agora que você sabe? O que vai fazer? Hem, Luciana?

(Luciana para no meio do quarto, ainda em penumbra, iluminado apenas pela luz do corredor. Ergue a cabeça, sente uma leve tontura, segura o aparelho no ar. Devagar, pousa o fone no gancho.)

— Luciana? O quê?

(Miguel olha para o fone, como se pudesse vê-lo, como se não conseguisse acreditar que está ouvindo o som da ligação interrompida.)

— Luciana! *(Ele grita.)* Por que você fez isso, Luciana? Por quê? Por que você tentou essa brincadeira se não queria? Por quê?

(Miguel bate o fone com força no aparelho. Passa os dedos pelo cabelo. Respira fundo, acaba escondendo o rosto entre os braços. Absolutamente largado e derrotado. O telefone toca. Uma, duas vezes. Miguel ergue o rosto. Devagar, põe a mão sobre o fone, sente o tremular da campainha do telefone. Deixa tocar mais três vezes. Finalmente, tira o fone do gancho e o leva ao ouvido.)

— Alô?

— Você quer ser meu amigo?

— Eu pensei. Pensei que você...

(Miguel sente as lágrimas descendo devagar pelo rosto, umedecendo o aparelho e os dedos.)

— Seu telefone tem números bonitos. Que me dão sorte. Você quer ser meu amigo? Para sempre?

OS SONHOS DE MARCIA KUPSTAS

Nas páginas a seguir, você encontra informações sobre a autora, além de uma entrevista especial.

VIDA FEITA DE HISTÓRIAS

"O que você quer ser quando crescer?"

Toda criança, de hoje ou de ontem, já ouviu essa pergunta um milhão de vezes. Marcia Kupstas sempre soube a resposta. "Meu pai contava que, aos 5 anos de idade, quando eu ainda não sabia ler ou escrever, sentava no colo dele e ditava histórias. E ai dele se depois lesse alguma coisa diferente do que eu havia dito."

A memória da infância revela a vocação da autora que, hoje, integra o time de grandes nomes da literatura infantojuvenil brasileira. Mas o sucesso não veio sem esforço. Quando ainda cursava Letras na Universidade de São Paulo, buscou oportunidades para mostrar seu talento, chegando a publicar contos em diversas revistas. Percebeu que a carreira era mais do que imaginava. "Foi deslumbrante descobrir que o que eu faria de graça pudesse virar profissão."

Essa empolgação a motivou a escrever seu primeiro livro, *Crescer é perigoso*, estruturado em forma de diário de adolescente. O sucesso de público foi tremendo, e logo veio o reconhecimento da crítica: em 1988, levou o prêmio Revelação Mercedes-Benz de Literatura Juvenil.

A partir desse dia, recebeu convites de diversas editoras para transformar outros sonhos em livros. Desde então, publicou mais de cem obras e ganhou diversos prêmios, um currículo que faria brilhar os olhos da pequenina Marcia, que tanto sonhou em um dia fazer parte do mundo das histórias.

SOL, PRAIA E MUITAS LETRAS

Nascida em 1957, Marcia descobriu o gosto pela leitura na infância, incentivada pela mãe, Elisabeth. Nessa época, conheceu a obra de diversos autores, dentre eles Monteiro Lobato, cuja coleção de obras infantis guarda até hoje.

Na faculdade, Marcia participou do grêmio acadêmico e publicou em jornais alternativos. Logo voltou à sala de aula, dessa vez como professora de redação. Aproveitou a oportunidade para disseminar seu amor pela leitura.

Marcia aos 4 anos.

Aos 14 anos, na cerimônia de formatura do ginásio (que corresponde atualmente ao ensino fundamental 2).

"Acho que o bom de lecionar é isso, dividir a sua paixão pelas histórias para despertá-la nos outros", comenta.

Nessa época, mostrava seus escritos para todo mundo que pudesse lhe dar sugestões e oportunidades. Dentre essas pessoas estava o jornalista José Edward Janczukowicz, com quem se casou e teve dois filhos, Igor e Carla.

Foi ainda como professora que Marcia teve a ideia para sua primeira novela juvenil. Observando seus estudantes, criou a história do tímido Gustavo, o descendente de japoneses que começa um diário para contar suas frustrações, seus amores... A narrativa intimista e franca de *Crescer é perigoso* conquistou o público adolescente, que se identificou com a obra: "Muitas das dúvidas do protagonista certamente fazem eco no coração de milhares de leitores", a autora afirma.

Apaixonada pelos jovens e pela profissão, Marcia não parou mais de escrever, e os diversos títulos que publicou depois seguiram o mesmo caminho bem-sucedido do primeiro — o livro *Eles não são anjos como eu* ganhou o segundo lugar do prêmio Jabuti em 2005.

Ainda realizou outro sonho de sua infância: morou na praia. Viveu dez anos em Ubatuba, cidade do litoral norte do estado de São Paulo.

Atualmente, Marcia mora em São Paulo, mas quando pode aproveita os dias quentes para curtir a praia e ler. Também trabalha bastante: escreve e revisa seus livros, e ministra palestras e oficinas em feiras de livros pelo Brasil.

Agora que você conhece um pouco mais sobre a vida e a obra de Marcia Kupstas, confira nas próximas páginas uma entrevista especial sobre *Um amigo no escuro*.

MARCIA FALA SOBRE *UM AMIGO NO ESCURO*

De onde surgiu a ideia de escrever um livro em forma de diálogo no telefone?

Gosto de desafios. O uso da narração facilita a vida do escritor, fornece suporte para definir e descrever as personagens, quais são suas motivações, como é o local onde as coisas acontecem, que ações puxam outras e assim vai. Meu desafio era dispensar todos esses suportes e criar um enredo que se limitasse ao mínimo, apenas à fala dos protagonistas. Conforme eles revelassem detalhes de si mesmos, passariam às demais informações: onde estão, o que aconteceu e o que os levou a tal conversa, o que pensam da vida etc. Gostei do resultado na época e, revendo o livro, ainda gosto de muitas coisas que Luciana e Miguel pensam sobre si mesmos e sobre a vida em geral.

Você se inspirou em algum conhecido ou em alguma história conhecida ao criar as personagens?

Houve realmente um blecaute em São Paulo que durou muitas horas, atrapalhou a vida de muita gente e me inspirou para criar esta história. Muitos enredos na minha carreira surgiram a partir de um "disparo", digamos assim, de um fato que detonou na minha imaginação o encadeamento do "e se...". No caso de *Um amigo no escuro*, pensei: "E se uma adolescente estivesse aqui, após o blecaute, sem ter o que fazer e quisesse conversar com alguém?", "E se ela tentasse a roleta-russa de telefone, ligando ao acaso?", "E se do outro lado da linha estivesse um cara mais velho, alguém sensível, mas com alguma dificuldade?". Aí o livro foi se formando na minha imaginação.

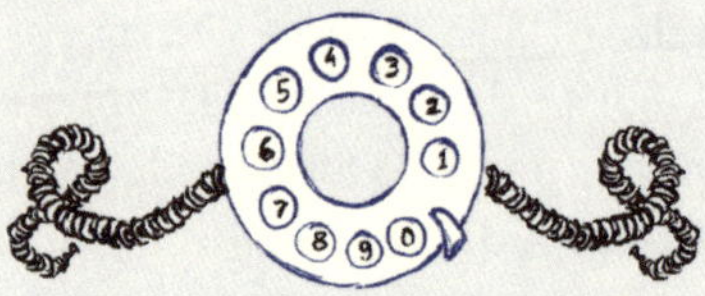

"Gosto de desafios. O uso da narração facilita a vida do escritor, fornece suporte para definir e descrever as personagens, quais são suas motivações, como é o local onde as coisas acontecem [...]"

Você é fã de filmes de terror, de suspense e de autores como Stephen King e Álvares de Azevedo?

ADORO histórias sombrias e sobrenaturais! Desde a adolescência, quando era fã dos autores byronianos e de Edgar Allan Poe e Arthur Conan Doyle (o "pai" do Sherlock Holmes), até recentemente, quando descobri o escritor Stephen King e seus intensos romances de terror. Acho que o sucesso das histórias sobrenaturais existe porque elas despertam não só a nossa curiosidade, mas também nossos pavores mais íntimos. Enquanto sofremos e gritamos com o "herói" do enredo de terror, estamos exorcizando nossos demônios e nos aliviando do estresse e da tensão do dia a dia. O livro de terror pode ser uma obra literária digna, que traz experiência emocional, mas também oferece uma experiência estética de primeiro nível para o leitor.

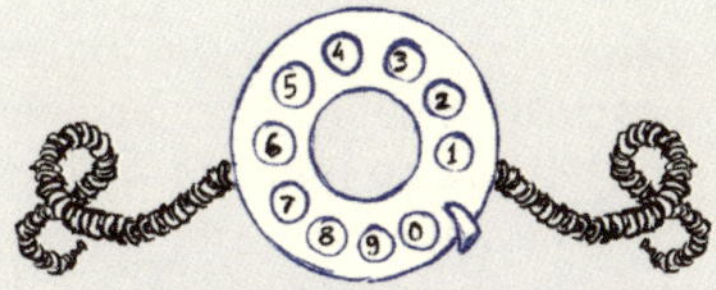

> "Acho que o sucesso das histórias sobrenaturais existe porque elas despertam não só a nossa curiosidade, mas também nossos pavores mais íntimos."

Em *Um amigo no escuro*, Miguel lê poemas de Álvares de Azevedo para Luciana. No seu primeiro livro, *Crescer é perigoso*, há trechos de *O cortiço*, de Aluísio Azevedo. E no seu romance *A maldição do demônio*, o título remete a um conto de Edgar Allan Poe. A referência aos clássicos da literatura é uma característica comum em seus livros?

Nem sempre há uma intenção prévia na referência aos clássicos, mas sem dúvida gosto de remeter o leitor a outros textos que admiro, ou seja, desenvolver a intertextualidade. Esse nome pomposo, na verdade, indica que há um "diálogo" entre histórias. Acredito que o leitor, em especial o jovem, ganha muito com essas referências, e perde certos preconceitos quando percebe que um texto considerado difícil é muito mais próximo dele do que imaginava. Aliás, a beleza e a importância dos clássicos vêm exatamente da perenidade dessas histórias que tratam de assuntos universais. Acho que uma das tarefas do escritor é estabelecer, sempre que possível, a ponte entre as histórias de séculos anteriores e as dos dias de hoje.

A primeira versão de *Um amigo no escuro* foi publicada no começo da década de 1990. Você acredita que uma amizade assim, como a de Luciana e Miguel, poderia começar da mesma forma nos dias de hoje? Por quê?

Acho difícil. Quem passaria trote por telefone fixo hoje em dia? Aliás, quem usa telefone fixo, a não ser como suporte para outros recursos? Isso não impede, porém, que um contato leviano em uma rede social detone uma amizade duradoura ou mesmo um romance. Conheço casos de pessoas que se conheceram em salas de bate-papo na internet, por exemplo, se procuraram pessoalmente, simpatizaram e até namoraram. A sinceridade e a capacidade de empatia e compreensão são valores que permeiam toda grande amizade e podem surgir em qualquer lugar: num encontro casual em um ponto de ônibus, na mesa de uma lanchonete, entre amigos de redes sociais que nunca se viram ou numa conversa telefônica do tipo "roleta-russa".

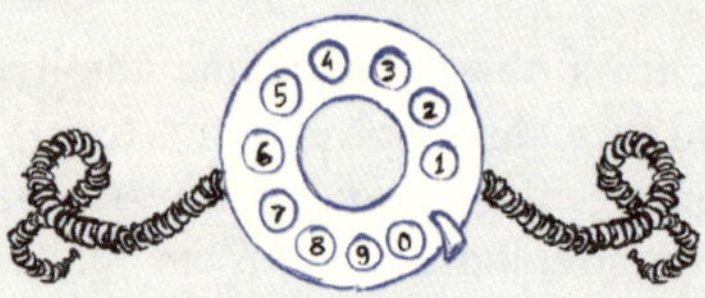

> "Acho que uma das tarefas do escritor é estabelecer, sempre que possível, a ponte entre as histórias de séculos anteriores e as dos dias de hoje."

Você acredita que, se fosse o contrário, se a personagem feminina, Luciana, fosse a mais velha e Miguel fosse o personagem adolescente, esta história teria o mesmo desfecho?

Por que não? A amizade entre os dois dispensa um traço erótico, acredito que existe entre eles muito mais disponibilidade de ouvir e compreender. E isso pode envolver gente de qualquer idade ou origem social. *Um amigo no escuro* registra um momento mágico, entre pessoas que efetivamente carecem de apoio e o encontram no momento certo.

O que você acha da questão do ciúme? Onde você pesquisa para escrever sobre essa temática?

Acho que não se pesquisa sobre relações de ciúme, de controle, inveja ou intolerância. Infelizmente muitos de nós as vivenciamos. Às vezes, durante um relacionamento, não conseguimos identificar o que realmente acontece. É preciso se distanciar dele para compreender a disfunção de uma relação abusiva. Acho que muitas

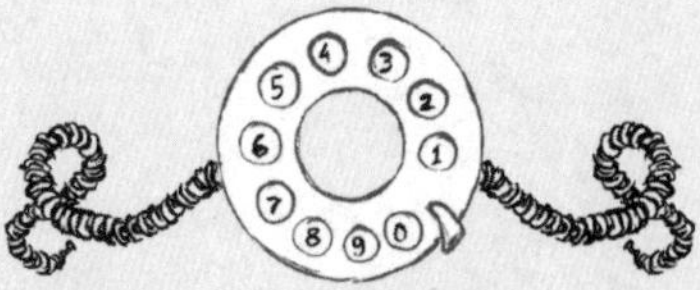

"Cada pessoa é de um jeito, e a amizade sincera dispensa atributos ou perfeição física."

mulheres (acredito que o sexo feminino está condicionado a ser bem mais tolerante ou submisso) aceitam o abuso por anos, justificando um companheiro ciumento ou dominador com ideias como "ele me protege", "ele sabe o que é melhor pra mim", "ele é nervoso mesmo", "o que se pode fazer, é pra ficar junto na alegria e no sofrimento". Acredito que as pessoas devem conviver por motivos saudáveis. Elas devem ter prazer na companhia uma da outra, devem dividir gestos de carinho, ajuda mútua, compaixão. Se não há mais amor nem respeito, por que o casal deve permanecer junto?

A personagem Luciana estava mais interessada em Miguel antes de descobrir o verdadeiro segredo dele? Você acredita que adolescentes podem ter empatia por amigos com deficiência física?

Cada pessoa é de um jeito, e a amizade sincera dispensa atributos ou perfeição física. Amigos de verdade podem ser muito diferentes, por que não? Um cara gordo pode ser o grande amigo do bonitão, e a garota deficiente pode ser da turma dos que vão dançar todo fim de semana. O que precisa existir é respeito e solidariedade, interesse pela pessoa inteira, e não só por um aspecto físico. Quando a amizade transcende a aparência ou o momento, pode ser duradoura.